阅读搭建精神天梯

新阅读教育论纲

朱永新 著

人民文学出版社

图书在版编目（CIP）数据

阅读搭建精神天梯：新阅读教育论纲／朱永新著 . —— 北京：人民文学出版社，2024
ISBN 978-7-02-017850-6

Ⅰ . ①阅… Ⅱ . ①朱… Ⅲ . ①阅读教学－教学研究 Ⅳ . ① H09

中国国家版本馆 CIP 数据核字 (2023) 第 041451 号

责任编辑　关淑格
装帧设计　刘　远
责任印制　王重艺

出版发行　人民文学出版社
社　　址　北京市朝内大街166号
邮政编码　100705

印　　刷　三河市中晟雅豪印务有限公司
经　　销　全国新华书店等

字　　数　140千字
开　　本　880毫米×1230毫米　1/32
印　　张　8.25　插页3
版　　次　2024年3月北京第1版
印　　次　2024年3月第1次印刷

书　　号　978-7-02-017850-6
定　　价　45.00元

新教育实验是一个以教师成长为逻辑起点，以"营造书香校园"等十大行动为主要途径，以让师生"过一种幸福完整的教育生活"为目的的教育探索。营造书香校园是新教育实验最基础、最关键、最重要也最有效的一个行动领域。

　　幸福完整，既需要脚踏实地，也需要仰望星空。

　　2021年10月16日，神舟十三号载人飞船成功发射，中国航天员再一次进入中国自己的天宫空间站。一代又一代中国人，正在以脚踏实地的耕耘，进入物理世界的星空。

　　与此同时，我们作为教育工作者，更要力图以阅读去搭建一架精神的天梯，去近距离领略精神星空之美。那些伟大的经典名著，就是人类最璀璨的群星，我们推动阅读，就是在擦亮群星，我们努力让今天的人们再一次被星光照亮心空。

　　在此，我们再一次梳理总结新教育实验20年来推进全民阅读与书香校园建设的历程和经验，向着浩瀚的未知，开启新的征程。

目　录

第一章　阅读：概念、历史与现实

一、什么是"阅读"？

新西兰语言史学大家史蒂文·罗杰·费希尔在《阅读的历史》的前言中就曾说过这样一段话："古往今来，不论长幼，谁都无法否认它的重要性。对于古埃及的官员来说，它是'水上之舟'；对于四千年之后心怀志向的尼日利亚小学生来说，它是'投射到幽暗深井里的一缕光'；对于我们大多数人来说，它永远是文明之声……此乃阅读。"① 如今，人们越来越重视阅读，阅读的地位甚至与人的生存的地位是同等的，就像加拿大学者阿尔维托·曼古埃尔在他的《阅读史》扉页引用法国著名作家福楼拜

---

① 史蒂文·罗杰·费希尔. 阅读的历史. 李瑞林，等译. 北京：商务印书馆，2009：7.

的一句名言一样："阅读是为了活着。"①

但究竟什么是"阅读"？ 这在过去似乎是一个相对容易界定的概念，如今却因为阅读信息来源、传媒的极速发展和空前多元化而显得有些内涵不清和边界模糊了。

我们不妨先来看看"阅读"的古老含义。

"阅"应该是一个比较晚出的字，目前甲骨文里没有这个字。篆文写作：

它的较早含义为"计数"。《说文解字》说："阅，具数于门中也。"《广雅·释诂》："阅，数也。"作为"阅读"之"阅"（观、看），应当是从它"经历、阅历"的含义引申而来。《史记·孝文本纪》说："楚王，季父也。春秋高，阅天下之义理多矣。"这里的"阅"就是经历和阅历的意思。"阅"又因此有了"根据阅历所确定的功劳等第"的含义。《史记·高祖功臣侯者年表》说："古者人臣功有五品 …… 明其等曰伐，积日曰阅。"还因此有了"门外右边自序功状的柱子"的含义，古代望族将家庭功名尽数记载

① 阿尔维托·曼古埃尔. 阅读史. 吴昌杰，译. 北京：商务印书馆，2002：
扉页.

于大门外的柱子上，供人浏览、观看。功名记载于左边的柱子叫"阀"（"伐"），记载于右边的柱子叫"阅"。所以，《玉篇·门部》说："阅，在左曰阀，在右曰阅。""阀""阅"二字连用，指的是贵宦人家。从此，"阅"就从经历、阅历慢慢引申为"阅读""观览"的意思，杜甫《赠左仆射郑国公严公武》诗："阅书百纸尽，落笔四座惊。"这里的"阅书"就是"看书"的意思了。①

　　"读"字也是一个比较晚出的字，同样不见于目前的甲骨文。篆文写作：

　　"读"的本义是"念书"。《说文解字》："读，诵书也。"《孟子·万章下》："颂其诗，读其书，不知其人可乎？"不过，"读"与"诵"的含义是有区别的，"诵"是大声朗读或背诵，"读"则是看着文章念或不出声的默读。后来"读"引申为阅读、看书或看文章。②

　　在这个基础上，我们再来看看今人是如何解释"阅读"的。

　　《现代汉语词典》对"阅读"的解释为：看（书报等）并领会

①　王力. 王力古汉语字典. 北京：中华书局，2000：1568.
②　王力. 王力古汉语字典. 北京：中华书局，2000：1303.

其内容。

《辞海》未列"阅读"词条进行解释，它对"阅读"二字的分别解释是："阅"即"看"；"读"则是"照文字念诵""阅看、默读"。

《中国大百科全书》(教育卷)的"阅读心理"条目认为，阅读是一种从书面语言中获得意义的心理过程，也是一种基本的智力技能，它是由一系列的过程和行为构成的总和。

《中国读书大辞典》认为，阅读是"一种从书面语言和其他书面符号中获得意义的社会行为、实践活动和心理过程"[①]，据此可以认为是读者与文本相互影响的过程。

百度百科的解释为：阅读是运用语言文字来获取信息、认识世界、发展思维，并获得审美体验与知识的活动。它是从视觉材料中获取信息的过程。视觉材料主要是文字和图片，也包括符号、公式、图表等。

这些解释基本上是与文字和印刷品长期占据主流时代的阅读行为相契合的。阅读与文字书籍紧密联系在一起，也即"读书"，指人们从文字作品中吸取和加工信息、获取人生经验的过程。尽管书籍中也包含图片，但在相当漫长的时间里，阅读文字是获取信息的主要方式。这时候的"阅读"，一般指的是对于

---

① 王余光，徐雁. 中国读书大辞典. 南京：南京大学出版社，1999：337.

文字、文本和文献的阅读。

随着电影、电视等视听传媒的出现，人们所能接触的信息符号渐渐丰富起来，对于阅读的认识也进一步深化。在传播方式上，印刷媒介不再独领风骚，电子媒介和数字媒介的发展导致了图片、图像的大量生产和复制，文献本身也出现了数字化文献和印刷型文献的分别，电脑和网络成为"革命性的阅读手段"。[1] 数字技术、移动互联网使人类的阅读面临一场颠覆性的大变局。"网络文本"实现了人类信息存取的巨量化、迅捷化、高效化，促进了人们的思维方式的极大改变和思想交流的自由度的空前扩展，人类的阅读模式正在发生前所未有的变化。在这个意义上，传统的狭义阅读概念，已不能完全涵盖它的现有境况。关于视听传媒的"阅读"——"读屏"与"听书"，以及它与传统纸质阅读——"读书"之间的关系，人们还在热议之中。但传统阅读正在遭遇新兴阅读的挑战，已经是不争的事实。[2] 不过，我们仍然相信，这种情形并不会颠覆"读书"的地位，二者的共存与融合，必将更高效、更快捷和更精准地为人们提供全新的阅读文本，谱写人类阅读的新华章。

---

[1] 史蒂文·罗杰·费希尔. 阅读的历史. 李瑞林，等译. 北京：商务印书馆，2009：7.

[2] 聂震宁. 阅读力. 北京：生活·读书·新知三联书店，2017：21.

英国阅读社会学家弗兰克·富里迪认为，阅读是一个寻求意义的过程，而"阅读的意义是在阅读主体同文本内容的互动中产生的，这种互动有助于启发读者的灵感或激发读者的情感。在整个历史上，读者的所有感受都直接或间接地产生于他们同阅读内容之间的互动"。[①] 在他看来，阅读主体与文本的互动，既是阅读的本质，也是阅读的意义。阅读的成效、阅读的价值都取决于互动的程度，取决于这个互动是否能够启发读者的思维与灵感，帮助他们获得新知、成长心智，也取决于这个互动是否能够激发读者的情感与情操，是否能够触动内心深处的灵魂。历史上那些伟大的著作之所以能够穿越时空，就在于不同时代的阅读主体在与它们相遇的时候，总会被击中、被感动，总会激发创造的灵感，或者产生批评性的思维。阅读的文本如果不能够产生上述效果，不能够赋予内容以真正的意义，那么，阅读主体与阅读文本之间就没有建立真正的联系，互动也就没有真正地发生。所以，如果阅读离开了意义的发现，只是变成了简单的阅读技术或者读写能力，阅读本身也会丧失其魅力。

由此看来，随着传播媒体的日新月异，随着人们对于阅读认识的深化，阅读的内涵变得更加丰富了，阅读不再局限于传

[①] 弗兰克·富里迪. 阅读的力量：从苏格拉底到推特. 徐弢，李思凡，译. 北京：北京大学出版社，2020：285.

统的单纯从视觉材料中获取信息。基于此，我们认为，新阅读的概念应当是：以语言文字、图片音像等为载体的信息吸纳与加工，并以此为基础发展思维、促进理性、陶冶情操、寻求意义、丰盈精神生命、实现自我完善的文化实践活动。

二、人类阅读的过去、现在与未来

人类开始的时刻，就是阅读开始的时刻。我曾说过，一个人的精神发育史就是他的阅读史。从某种意义上也可以说，人类的精神发展史就是人类的阅读史。诚如费希尔所言："阅读史关乎社会不断走向成熟的各个阶段。"[①]

阅读的历史与人类的传播史紧密相随。人类传播史经历了语言传播、书写传播、印刷传播、电讯传播、数字传播等多次革命，每一次革命都对社会进步具有重大的推动作用，将人类带进一个新的境界、新的时代。美国传播学家 A. 哈特把有史以来的传播媒介分为三类：一是"示现的媒介系统"，即人们面对面传递信息的媒介，主要指人类的口语，也包括表情、动作、眼神等非语言符号。二是"再现的媒介系统"，包括绘画、文字、印

[①]　史蒂文·罗杰·费希尔. 阅读的历史. 李瑞林，等译. 北京：商务印书馆，2009：7.

刷和摄影等等。三是"机器媒介系统",包括电信、电话、唱片、电影、广播、电视、电脑、手机等等。美国学者詹姆斯·莫纳科在《怎样看电影》一书中则归纳出传媒技术的四种传播方式:依靠口语与动作交流实现人与人之间直接传递的"表演时期";除了使用口语,主要依靠文字书写(包括印刷)进行间接交流的"表述时期";依靠声音图像记录的"记录传媒时期(影像阶段)";依靠人人平等互动的"电子和数码时期(互联网阶段)"。① 人类的阅读史大致与这几种传播媒介次第相应,经历了从语言传播时代的"听",到书写、印刷传播时代的"看",到电讯、数字传播时代的"听""看"(视听)并重的变迁。

(一)口语传播时代的阅读

人类历史大概可以追溯到几百万年前,人类语言的产生距今大约也有十万年的时间。人类传播史上的第一次革命便是创造了语言。语言符号系统的产生标志着人类彻底摆脱了原始的传播状态。它不仅创造了人类文化,本身还成为传承人类文化的载体。

不过,由于文字的后起和印刷业的极度不发达,在很长的

---

① 艾伦·麦克法兰. 给四月的信 —— 我们如何知道. 马啸,译. 北京:生活·读书·新知三联书店,2015:10-11.

时期，信息传播主要通过哈特所说的"示现的媒介系统"，或莫纳科所说的"表演时期"，也即用口耳相传的方式将自己的经验、思想或情感传递给他人与后代，这个阶段是口语＋体态语言的传播时代。后来虽然有了文字，但由于书写不完善（例如没有句读标点），以及印刷业的极度不发达，书籍的载体，无论是中国的竹简、木牍，还是古希腊、古罗马的莎草纸、羊皮纸，抑或古印度的棕榈叶和桦树皮纸等，制作都十分繁难。所以，口语＋体态语言的传播自然就成为阅读的最经济有效的手段。

在口语＋体态语言的传播时代，阅读的主要方式是"听"和"看"。早期那些口传文化的传播者被称为"故事的歌手"（The Singer of Tales，洛德）。[1] 这时的"读者"就是"听众"。例如，公元前9世纪至前8世纪伟大盲诗人荷马就是一个无与伦比的"故事的歌手"。他们代表口传文化的传统，集"歌手、表演者、创作者以及诗人"于一身。[2] 他们在人类阅读史上具有极其重要的地位，至今仍有巨大的意义。这时的"阅读"虽然也包含了对口语传播者表演所呈现的表情、动作、眼神等非语言符号的"看"，但毕竟以"听"那些"故事的歌手"的讲述为主。

与"听"密切相关的，就是早期阅读对于口头朗读、诵读的

---

[1] 阿尔伯特·贝茨·洛德. 故事的歌手. 尹虎彬，译. 北京：中华书局，2004：38.

[2] 尹虎彬. 古代经典与口头传统. 北京：中国社会科学出版社，2002.

重视。希腊语中的"阅读"一词就有"大声朗读"的意思，一直到中世纪的欧洲语言里"阅读"一词仍然有"朗读""背诵"等含义。即使出现了文字与书籍，阅读仍然保留着口头诵读的传统。阿尔维托·曼古埃尔认为，在公元前10世纪，雅典、罗马人的阅读方式主要就是大声朗读。一直到公元前5世纪，苏格拉底对学生柏拉图还是一再强调口述的重要性。所以，那时诸如《柏拉图对话录》之类的口语体著作的流传是司空见惯的。我国先秦的孔子，也强调口述的重要，所谓"述而不作"，就有这样的含义。一部《论语》，其实也是一部口语体的对话录。战国时期的儒学集大成者荀子在他的《劝学篇》里就说过："君子之学也，入乎耳，箸乎心，布乎四体，形乎动静。"可见，"入乎耳"——学生先听先生朗读，然后跟着先生朗读，是那时最基本的阅读方式。需要特别指出的是，这种口头的传播与阅读方式在古代家庭教育和学校教育中一直留存了很久，乃至成为阅读教育（尤其是诗教）历史的一大传统，绵延不绝。许多大家在回忆儿时接受口语文化熏陶的情形时常常都是满怀深情。耿占春先生把这种来自"姥姥"的口承文化所给予儿童的无限惊异称为"言语的力量的最初的显示"。① 所谓"最初的显示"，实际上意味着口语的传播与阅读对于儿童的精神成长具有一种"发生学"的"本体"

---

① 耿占春. 回忆和话语之乡. 桂林：广西师范大学出版社，2003：100.

意义，因此，这一阅读传统即使在今天，依然值得继承和发扬光大。

（二）书籍传播时代的阅读

古老的口语传播与阅读受到时间和空间的限制，以文字为载体的书籍传播和视觉阅读克服重重困难，终于登上历史舞台，弥补了口语传播的不足。人类对知识的渴求和对学问的热爱是阅读由口语传播向文字（书籍）传播转变的燎原之火。人类优越于其他物种的其中一点就是检索和组织信息的能力，首先是通过发声言语，接着是书写，然后便是与之相应的更先进的阅读形式和途径的诞生。

书面文字取代口头语言虽然在一定程度上淡化了口头记忆、口头文化和口头自由，却换来人类生命中最伟大的奇迹，也即对时空的驾驭与超越。在漫长的过去，人们通过口耳相传的史诗、故事传承语言和文化，但书面文字出现之后，所有语言和文化就主要通过"断文识字"式的阅读得以延续，进而以"看书"这种阅读方式继续参与人类的精神活动。所有的文字与书籍，都能证明人类共同经历的荣光和艰辛。

人类原始文字的出现距今大约有不到一万年的时间。在语言产生之后、文字发明之前的漫长岁月里，有一段远古人类通过"结绳记事"摆脱时空限制记事计数、进行信息传播的历史。《易·系辞下》说:"上古结绳而治,后世圣人易以书契,百官以治,万民以察。"一般认为,文字起源与图画和契刻有关。最初的文字,尽可能地模拟天象和物象,看起来就是画。由于结绳记事的不便,渐渐地,古人就以刻画的方式记录信息或传达思想。当古人更进一步将图画简略形成具有一定特征的符号时,文字就产生了。这个简化的过程,是抽象符号化的过程。汉字的演变就是从象形的图画到线条的符号和适应毛笔书写的笔画,以及便于雕刻的印刷字体。文字的发明及应用于文献记录,是人类传播史上的又一大创举,它从时间的久远和空间的广阔上实现了对口语传播的真正超越。

书籍的历史和文字的发展有着紧密的联系。它最早可追溯于石、木、陶器、青铜、棕榈树叶、白桦树皮等物上的铭刻。约在公元前3000年,纸草书卷是最早出现的埃及书籍雏形。纸草书卷比苏美尔、巴比伦、亚述和赫梯人的泥板书更接近现代书籍的概念。中国最早的正式书籍则是在公元前8世纪前后出现的竹简。西晋杜预在《春秋左氏经传集解》序中说:"大事书之于策,小事简牍而已。"这种用竹木做书写材料的简策(或称简牍),在纸发明之前是中国书籍的主要形式。将竹木削制成狭长的竹片或木片,统称为"简",稍宽的长方形木片叫"方"。若干"简"

编缀在一起叫"策"（册），又称为"简策"，编缀用的皮条或绳子叫"编"。中国古代典籍，如《尚书》《诗经》《春秋左氏传》《国语》《史记》，以及西晋时期出土的《竹书纪年》、1972年在山东临沂出土的《孙子兵法》等书，最初都是用竹木书写而成。后来人们用特制的丝织品缣帛来书写，称之为帛书或缣书。《墨子》就有"书于竹帛，镂于金石"的记载。

公元前2世纪，中国已出现用植物纤维制成的纸。公元105年，东汉蔡伦总结前人经验，加以改进，制成蔡侯纸，纸张便成为书籍的主要材料，纸的卷轴逐渐代替了竹木书和帛书。公元7世纪初的唐朝，开始使用雕刻木板来印刷书籍。这是世界上最早发明并实际应用木刻印刷术。公元10世纪，中国出现册页形式的书籍，并逐步代替卷轴，成为目前世界各国书籍的共同形式。公元11世纪40年代，北宋的毕昇发明泥活字印刷术。公元15世纪60年代前后，德国发明家约翰·古腾堡发明铅活字印刷术。印刷术的发明引导人类传播真正步入了大众传播时代。以往，由于媒介笨重、符号复杂、复制困难和传播垄断，书本知识只掌握在少数人手里，竹简、帛书等书写媒介也只在上流社会流传。印刷术的产生和流传打破了少数人对知识的垄断和在传播上的特权，更多家庭、更多社会民众加入了阅读的行列。特别是古腾堡印刷术的出现，一方面促进了资本主义经济的发展，助力了资产阶级的产生；另一方面，由于技术的便利，复制了大量的古代希腊罗马文化遗存和典籍，通过书籍传播了新的人文主义思想，成为"文艺复兴最有利的传播利器"，为文艺复兴的开展做好了全面的准备。可以说，传播方式的革命直接引发了文艺复兴、宗教改革、启蒙运动、科学勃兴和工业革命，给整个世界文明带来了曙光。

书写、印刷传播主要通过 A. 哈特所说的"再现的媒介系统"，和莫纳科所说的"表述时期"，使视觉意义上的"看书"成为阅读的主要形式。这种阅读方式利于读者反复阅看、引用和论证，利于深度阅读；读者对阅读内容深入思考时，能够随时参考其他文献，并进行批注、对照、注解。"书籍传播时代"经过了迄今为止最为漫长悠久、给人类的精神生活带来最为丰富而深远影响的伟大历程。

（三）电讯、数字传播时代的阅读

1844年，美国人莫尔斯成功试发第一封电报，人类进入电讯传播时代。随后，美国人贝尔于1876年发明了电话，爱迪生于1877年发明了留声机，法国人马瑞根据中国灯影原理于1882年发明了摄影机，之后，电影、广播、电视相继出现。以广播和电视为主体的电讯传播，不仅彻底突破了时间和空间的限制，使信息传播瞬息万里，而且挣脱了印刷传播中必不可少的物质（书、报、刊）运输（通过人及交通工具把印刷品送到读者手中）的束缚，为信息传播开辟了一条便捷、高效的空中通道。特别是广播、电视，借助卫星的转播实现了无处不在、无时不有的全球性传播。同时，电讯传播也不像书写印刷传播那样是将人推向信息，而是将信息推向人。电讯传播是在没有识字需要的情况下，为人类提供了超越识字障碍，跳入大众传播的一个方法。

1946年，美国埃克特等人研制成功世界第一台电脑主机"埃尼阿克"。接着，苏联于1957年发射了第一颗人造卫星；美国于1969年实现两台电脑对接，又于1980年结成互联网络，人类真正进入数字传播时代，进入一个综合传播的新时代。

数字传播是以新兴的数字媒介为主要载体的传播方式。由科技部牵头制定的《2005中国数字媒体技术发展白皮书》，将数字媒体定义为："数字化的内容作品，以现代网络为主要传播载体，通过完善的服务体系，分发到终端和用户进行消费的全过程。"①数字传播有着传统传播方式不可比拟的优越性。数字传播能将各种数据信息和文字、图片、动画、音乐、语音、电影等等结合起来，具有很强的吸引力和穿透力。

电讯、数字传播主要通过A.哈特所说的"机器媒介系统"

---

① 科技部. 2005中国数字媒体技术发展白皮书发布. 科技日报，2005-12-28.

（相对于莫纳科所说的影像与互联网阶段），各种数据和文字、图片、动画、音乐、语音、电影等信息的丰富呈现，使得电讯、数字传播时代人们的阅读方式已不再仅仅是单纯的"听"或"阅"，而是"阅""听"并重。①

自从进入了电讯时代以后，现代媒体与纸质阅读之间的矛盾就一直存在。许多人批评，正是电视、电台把人们从传统的书桌上拉走了。②进入互联网时代以后，移动终端获取信息的便利化和娱乐化，对纸质阅读形成了新一轮的冲击波。科技的进步，多媒体的出现，为阅读的多样化、便捷化提供了条件。阅读的渠道多了，形式和内容丰富了，从传统的纸质阅读，走向移动终端阅读、听书等各种形式的阅读。但是也出现了阅读的碎片化、浮躁化等新的问题。

关于互联网与阅读的冲突，国内外都有许多不同的看法。1994年斯文·伯克茨在《古腾堡哀歌：电子时代阅读的悲剧》（*The Gutenberg Elegies: The Fate of Reading in an*

---

① 高凯. 中国第十八次全国国民阅读调查发布 三成以上成年国民有听书习惯. https://www.chinanews.com.cn/cul/2021/04-23/9462315.shtml, 2021-04-23.

② 多年前，我曾经写过一篇题为《电视应该"赎罪"》的文章，认为电视把人们从书桌前拉走了，建议应该在黄金时段播放阅读的节目，唤醒人们的阅读意识，传播经典作品。

Electronic Age）一书中曾经感叹，现在印刷文本的稳固地位已经"被新发明的电路中脉冲的急流取代了"，电子通讯的泛滥冲走了专注反思，剩下的只是匆匆的浏览和摘要。"我看到了阅读性质的深刻改变，从专注有序和投入的文字阅读，到漫无目的地浏览，不断点击和滑动鼠标。"不过，英国社会学家富里迪对此还是抱有一定的乐观态度。他认为，无论互联网对现代社会产生怎样的影响，技术本身其实并不会直接导致社会对于人类文化遗产的疏离，不会直接导致阅读能力的危机和阅读的式微。因为，关于阅读的危机，早在互联网产生之前就已经存在，照相机、电视机、电脑等每一次传播领域的技术革命，总会引发人们对于阅读问题的担忧。① 人类的每一次技术革命，从形式上来看似乎都会对传统的纸质阅读产生一次新的冲击，但是人类的阅读历程从未停止，人类通过阅读寻求智慧与意义的努力也从未真正停止。我们不能够用传统的价值标准和阅读方式来衡量和规范当代的阅读方式，而每个时代也总会寻找到他们与文化遗产之间紧张关系的解决方案。

事实上，尽管在社会上，在教育界，有许多批评数字阅读的声音，如认为数字阅读往往碎片化、浅表化，只能做到泛泛

---

① 弗兰克·富里迪. 阅读的力量：从苏格拉底到推特. 徐弢，李思凡，译. 北京：北京大学出版社，2020：286.

浏览，不能像纸质书籍一样通过画重点、标注、解释等方式深入挖掘，不利于深度阅读等等。但是，数字阅读由于拥有信息量大、信息形式丰富、方便携带、传播迅速等优点，受到许多读者的钟爱。在海量的信息面前不可能瞬间在纸质书海中实现搜索，但数字化阅读方式完全可以，简单的鼠标滚动即可满足。面对急需的零碎知识或者最新消息，电子化产品以其强大的内存储量为读者提供丰富而及时的信息。

我们正在进入一个从第二代互联网走向元宇宙的第三代互联网时代。

这个时代属于年轻人。他们是这个时代的原住民，我们则是移民而已。所以，当我们在抱怨年轻一代沉溺网络、迷恋手机的时候，我们是否想过，如何让年轻一代在网络上更好地生存与发展呢？

众所周知，人类并不是一开始就有阅读生活的，在人类发展的漫长历程中，大部分时间是没有文字和阅读活动的。人类用了数十万年的时间，才进化到拥有看、说、记的简单能力，而真正拥有文字、拥有复杂的阅读生活，时间则更短。

也就是说，人类"原装"的大脑最初是没有阅读的装置的，人的大脑是随着人们认识世界、改造世界的能力的发展而逐步发展的。

　　所以，阅读对于人类来说的确也只是一门"新的技术"，"大脑的阅读能力是人类最近才有的创新，我们的大脑起初并不会阅读"。这也同时意味着，随着人类阅读实践的不断深入，阅读载体与阅读方式的不断变化，人的大脑仍然会不断进化。

　　正如美国学者艾莉森·高普尼克所说，"我们这一代人在童年运用开放和灵活的大脑掌握了阅读技能，而现在出生的这一代将会沉浸在数码世界里，不知不觉地适应它。这一代人才是数码原生代，而我们只能算是数码时代的移民，还带着磕磕绊绊的口音。"① 因此，正像文字和阅读对我们很久以前的前辈进行大脑的重新"装置"那样，我们正在见证着数码世界对下一代新生儿大脑的重塑。

　　我们不应该一味批评下一代沉溺在电脑和互联网之中，我们应该为了这一次大脑的"重塑"，减轻过程中的阵痛，提高重塑中的品质。而且，我们完全有理由相信，"这些年轻的大脑会变得和我们的不同，就像能够阅读的大脑与无法阅读的大脑具有显著的差异一样"。也许，这个大脑的进化过程，要比从无法阅读的大脑发展到阅读的大脑快速得多。技术变革及其带来的文化、教育的变革，有时会远远超出我们的想象。

---

① 艾莉森·高普尼克. 园丁与木匠. 刘家杰，赵昱鲲，译. 杭州：浙江人民出版社，2019：228.

对于数码原生代而言，这个世界是属于他们的。我们只是作为"移民"来到了数字化时代，我们其实是来到了他们的星球，我们也必须不断学习，才能够适应属于他们的世界。

时代的发展，取决于两代人之间的对话与传承。一般而言，上一代人总是担心世风日下，担心各种新的东西给下一代造成不良的影响。但是，媒体学者达娜·博伊德用大量时间研究了青少年使用社交媒体的行为后发现，现在的年轻人是用网络和社交媒体，做了上一代人在线下一直做的事情："建立自己与朋友和同龄人的联系，疏远他们的父母，搞暧昧、聊八卦，还有霸凌、反叛和尝试各种新事物。"本来，年轻人通过离家出走等方式进行他们的社交活动，现在则不需要走出家门，也能够"离家出走"了。

据统计，美国的青少年平均每天发送60条信息，78％的孩子拥有能上网的手机。

中国新闻出版研究院《第十八次全国国民阅读调查报告》显示，2020年有76.7％的成年国民进行过手机阅读，71.5％的成年国民进行过网络在线阅读，27.2％的成年国民在电子阅读器上阅读，21.8％的成年国民使用平板电脑进行数字化阅读。CNNIC第52次《中国互联网络发展状况统计报告》显示，截至2023年6月，我国网民人均每周上网时长为29.1个小时，短视频用户规模为10.26亿人，网络文学用户规模达5.28亿人。

调查中的青少年儿童也有类似情况。2020年，我国0至17周岁未成年人数字化阅读方式接触率为72.3%，其中0至8周岁儿童数字化阅读方式接触率为69.1%，9至13周岁少年儿童数字化阅读方式接触率为76.2%，14至17周岁青少年数字化阅读方式接触率为74.3%。

在这样的背景之下，两代人如何共同面对网络阅读问题，就显得特别重要。

我们必须正视这样一个事实：儿童一代是数字原住民，科学发展使数字阅读以网络检索的便捷性、阅读形式的多元性、内容及载体的丰富性、阅读过程的互动性，创造了全新的阅读体验，数字阅读正大步走进儿童的日常生活，并成为儿童生活的一部分。同时，父母对儿童数字阅读的态度更加开放，他们对儿童使用数字设备的抵触情绪已大为减轻。

事实也证明，网络阅读和纸质阅读是并行不悖且相辅相成的。一方面，我们的阅读方式正在快速发生改变，诸如数字阅读、网络阅读在改变着阅读的基本形态，书和非书的界限已经开始模糊不清。另一方面，我们面临着选择的焦虑，无论是纸质出版还是网络出版，其数量的巨大前所未有，海量信息涌入了我们的生活。我们无时无刻不在阅读，却又充满了选择的困惑和焦虑。什么都读了又好像什么都没有读。这些新的情况既带来了新的挑战，也创造了新的机会。正如宾夕法尼亚的一位媒体素养咨询专家费思·罗高指出的那样："教授媒介素养并不意味着废弃纸质书，使用电子产品。这并不是一种非此即彼的竞争。毕竟，纸质图书也是一种媒介。我们只要快速地浏览几个网站就能明白，如果一个人不具备针对纸质图书的读写能力，就无法具备针对其他媒介的读写能力。"①

所以，在互联网时代，文明的阅读观和阅读方法也需要相应的变化与调整。

首先，应该充分认识阅读的本质。其实，无论时代如何变化，阅读的本质没有变化。阅读的本质是阅读主体与文本的互动，这既是阅读的本质，也是阅读的意义。阅读的成效，阅读的价值都取决于互动的程度，取决于这个互动是否能够启发读者的思维与灵感，帮助他们获得新知、成长心智，也取决于这个互动是否能够激发读者的情感与情操，是否能够触动内心深处的灵魂。历史上那些伟大的著作之所以能够穿越时空，就在于不同时代的阅读主体在与它们相遇的时候，总会被击中、被感动，总会激发创造的灵感，或者产生批评性的思维。阅读的文本如

---

① 莉萨·格恩齐，迈克尔·H.莱文. 多屏时代，如何培养孩子的阅读能力？. 左瀚颖，等译. 北京：北京大学出版社，2021：43.

果不能够产生上述的效果，不能够赋予内容以真正的意义，那么，阅读主体与阅读文本之间就没有建立真正的联系，互动也就没有真正地发生。正如阅读社会学家富里迪所说："阅读的历史总是同寻求意义的活动相关联。而且意义 —— 无论是宗教意义、哲学意义还是科学意义 —— 总是通过提供对真理的洞见来获得自我实现的。阅读一旦丧失其寻求真理的潜能，便会沦为一种平庸的活动。阅读一旦沦为了工具性的技能，它的作用便会局限于对文本的解读和对信息的获取。"① 所以，如果阅读离开了意义的发现，只是变成了简单的阅读技术或者读写能力，阅读本身也会丧失其魅力。如果在认识阅读的本质这个问题上形成了共识，通过什么媒体阅读，就不是问题的核心了。

其次，要注重培养互联网时代的新读写能力。近年来，关注互联网时代的阅读和写作能力越来越引起专家学者的关注。全美英语教师委员会（National Council of Teachers of English, NCTE）和国际阅读协会（International Reading Association, IRA）2013年发出倡议书，提出"要想全面参与和融入21世纪全球化社会，孩子需要更复杂的读写技巧和能力"。他们认为，在21世纪，成为一个有读写能力的人，意味着需要掌握多种读写技

---

① 弗兰克·富里迪. 阅读的力量：从苏格拉底到推特. 徐弢，李思凡，译. 北京：北京大学出版社，2020：288.

能，意味着要能够理解通过多种形式呈现的信息，能够创造、批判和分析通过多种媒介呈现的文本。学生需要理解视频、数据库或者计算机网络中的信息，也需要更好地了解世界其他地区及其语言和文化。这是经济全球化提出的新的挑战。青少年需要学会通过竞争和合作去创造一个共享的未来。他们把这种技能称为"21世纪读写技能"。康涅狄格大学读写技能教授唐纳德·J.洛伊把它们称之为"新读写技能"，英国谢菲尔德大学文学教授杰基·马什（Jackie Marsh）则使用"技术读写技能"（Technoliteracies）这个合成词为其命名。电子读物和儿童早期教育专家杰里米·布鲁克，更倾向于用"跨媒体读写能力"（Transliteracy）。也有学者提出，未来的读写能力，是与网络生存能力紧密联系在一起的，比如如何使用新媒体工具进行创作和自我表达，如何在数字化世界成为一个负责任的、活跃的参与者，以及懂得如何使用搜索引擎，如何保护密码，远离网络暴力等。① 也就是说，互联网时代的新读写能力，其实是在把握阅读本质的基础之上，重点发展学生的思维习惯和批判性探究的方法，让他们不管从什么媒介上看到文字和图片，不管这些文字和图片是呈现在纸面上还是屏幕上，都能够从中学到相

---

① 莉萨·格恩齐，迈克尔·H.莱文. 多屏时代，如何培养孩子的阅读能力？. 左瀚颖，等译. 北京：北京大学出版社，2021：37-39.

应的知识。当引导孩子们学会使用各种各样的交流工具时，他们也能够对观点是如何被传播的，书籍是如何被创造出来的，媒介是如何发展起来的等问题有所认识。①

再次，加大数字阅读资源的建设。要加快配备数字阅读终端设备。如在学校图书馆配置带墨水屏阅览器的电子阅览室，在走廊等校园公共区域安装触摸阅读一体机设备。推动传统图书馆的数字化管理和数字图书馆（虚拟）有机整合在同一平台上运行，并与部分公共图书馆建立互联互通的信息渠道，提高图书馆的使用率，拓展资源共享的空间。随着时代的发展，数字资源已经从起步阶段的电子书，迭代为以声音为信息传播方式的有声读物，以及融文字、声音、图片、动画、VR、AI 等于一体的增强现实技术的数字阅读产品。学校图书馆除了配置纸质图书外，还要添置电子书、电影、音乐、游戏和在线课程等多种品类，筛选高品质的移动终端 APP，提供网络导航服务。探索开展"互联网＋阅读"的数字化书香校园活动。如通过官网和微信公众号、网络读者群、微博、抖音、快手等新媒体，发起数字阅读活动；组织"云伴读""云伴学"活动，组织数字故事会、网上诗词大会等，激发数字阅读的兴趣；组织数字阅读达人评比、

---

① 莉萨·格恩齐，迈克尔·H.莱文. 多屏时代，如何培养孩子的阅读能力？. 左瀚颖，等译. 北京：北京大学出版社，2021：43－44.

微信阅读打卡等活动，把数字化阅读与纸质阅读有效地融合起来，帮助师生养成良好的阅读习惯。

最后，要加强新媒体阅读的课程建设。在互联网信息量超大的情况下，需要学校教育提供更多特定的课程，教学生学习搜索、筛选、判断、反思。21世纪伊始，WebQuest（网络探究）课程在欧美各国火爆，它要求学生成立自主探究小组，在网络上搜索相关问题的资料，并通过审辨思维与讨论，判断信息的类型、真伪、价值倾向等，形成自己的报告。同时，需要学校提供适当筛选的有效信息，供学生学习，形成丰富而多元的具有教育背景的信息系统，并随着年龄的增大逐步放开。另外，要推动建立起互联网阅读共同体的伦理规范，教育学生具备网络自我保护能力与抵抗力，让他们远离恐怖、犯罪、网络暴力、诈骗等恶势力。

与网络阅读和纸质阅读关系类似的问题，是人工智能与人类阅读的关系问题。以此审视如何利用人工智能服务人类自身的阅读，许多疑惑也可以迎刃而解。

首先，从根本上来说，人工智能无法替代人类的阅读活动。每个人的精神成长历程，在一定程度上重演了整个人类精神成长的历程。人的智慧、人的思想是无法通过基因遗传的，也无法像机器人一样通过芯片置入。尤其是作为情感熏陶、价值观涵养的阅读，没有个人的深度阅读与思考，是很难做到的。所以，通过阅读，与那些最伟大的思想、最伟大的智慧对话，不仅是个人精神成长的必修课，也是整个社会进步的重要路径。不仅机器无法替代，人自己也无法代替别人进行阅读。

　　其次，人工智能可以帮助人类更有效地阅读。人工智能虽然无法替代人类的阅读，但是的确可以帮助人类更有效地阅读。如查找资料性质的阅读，未来就可以交给智能机器人去做。机器人还可以帮助人对书籍进行"初读"，了解一本书的基本观点和主要内容，为人们进一步的深入研读提供基础资料。机器人也可以根据自己的"阅读"和对读者阅读口味的了解，对图书进行分类分级，帮助人们寻找最合适的读物，等等。

　　再如，人工智能可以读书给人听。现在的樊登读书、喜马拉雅等听书平台非常火爆，就是适应了人们业余听书的需要。据第三方数据公司艾瑞咨询的统计，2019年中国网络音频行业市场规模为175.8亿元，用户规模达4.9亿。同时，现在的电脑在模拟人声方面已经可以达到"乱真"的地步，能够"无限接近"真人的声音，甚至连人在朗读时的感情色彩也可以被人工智能"高仿"。阅读者可以选择他最喜欢的偶像为自己朗读。这样的阅读，可以帮助人们在跑步运动或者其他活动时"一心二用"地听书，也可以帮助尚不识字的幼儿进行阅读。

　　另外，人工智能可以通过虚拟现实等一系列技术，让阅读超越现有纸质媒体的束缚，进入多媒体多感官的领域。阅读时加入全息投影与成像技术，会创造一番全新的阅读体验。现在，许多图书中已经普遍运用二维码技术，以及近年很流行的AR（增强现实）图书，已经实现了多媒体阅读的可能。

　　总之，无论社会怎样变化，技术如何进步，作为人的精神发育的最直接、最便捷、最有效的手段，阅读永远是必需的，而且是不可能被人工智能取代的。但是，未来的人的阅读，也不可能是传统意义上的人的阅读，从阅读方式到阅读内容，都会发生深刻的变化。未来的人，在很大程度上是一个"人机结合体"，也就是说，未来的学习者，是人脑加人工智能的合体，人们会把简单的、工具性的、检索性的阅读交给智能机器人，会利用各种碎片化的时间让机器人为自己读书，阅读的效率和效果也会进一步提高。人工智能，将会帮助人类智慧阅读、高效阅读。

三、阅读行动的问题与困境

　　如今，全民阅读正在成为世界潮流，我国也将阅读上升到国家战略的高度，阅读行动已成为我国教育界的强烈共识和共同选择。随着全民阅读的不断深入和教育改革的不断深化，以书香校园建设为重点的阅读推广在全国各地中小学广泛开展，方兴未艾。与此同时，也有不少问题需要在进一步推进的过程中深入研究、逐步化解。

（一）学校有推进措施，但缺少落实

当下中国，阅读的重要性越来越得到广泛认同。许多学校都在推动阅读，都有推进阅读的措施，在新教育实验区更是这样。但也存在这样一个问题：推进的措施没有切实地落实。这种问题体现出四种特征：

1. 跟风型

所谓跟风型，指有些学校因为上级教育行政管理部门要求推动阅读，因为周边的学校都在推动阅读，因为媒体上一直在关注阅读，才不自觉地跟在教育行政管理部门要求的后面，跟在其他学校阅读活动的后面做，把阅读行动当作不得已而为之的任务而非必须承担的责任，当作一时的风潮而非持续常态的工作，消极应付，被动作为。

2. 口号式

所谓口号式，指有些学校把阅读行动当作装点学校门面、粉饰学校形象的事情，校园里张贴了倡导阅读的标语，大会小会宣讲阅读如何如何重要，但是雷声大、雨点小，甚至光打雷、不下雨，阅读行动基本上是停在口头上，挂在墙头上，写在文件里，很少有具体的行动措施，更少有落到实处的功夫。

3. 功利性

所谓功利性，指有些学校推进阅读的动力只是来自上级的考核，来自分数的压力，上级考核要求读什么就读什么，考试考什么就读什么，功利地对待阅读，忽略了阅读给师生带来的精神滋养，更遑论阅读成为师生的日常生活方式。

4. 浅表化

所谓浅表化，是跟风型、口号式、功利性阅读行动的必然表现，满足于走过场，应付了事，不能营造良好的阅读生态，不能集聚丰富的阅读资源，不能开展深入的阅读活动，不能组织有效的阅读评价，缺乏让儿童亲近书本的过程，没有沉浸式阅读，没有深度阅读，浮而不实，浅尝辄止。

阅读推进措施落实不到位的原因主要有两个：

一是对阅读的认识不到位，尤其是校长对阅读的认识不到位。对阅读的意义和价值认识不到位，必然带来行动的不力和迟缓。

二是对阅读推进的管理不到位。工作有布置 + 不检查 = 没布置，工作只检查 + 不反馈 = 没检查，检查只反馈 + 没有反馈后的再检查 = 没反馈。有些学校在阅读管理的流程上，存在着工作有布置而不检查，只检查而不反馈，只反馈而没有反馈后的再检查的现象，没有工作任务的"命令追踪"机制，不能形成管理流程的闭环，从而使得阅读推进的措施不能落到实处。

（二）教师有阅读指导，但不够专业

教师是学生阅读的指导者、引领者，各学科教师都负有对学生进行阅读指导的责任。当下阅读指导存在的问题主要是专业化程度不够，还停留在农业时代的粗放耕作阶段。具体表现为：

1. 指导过程形式化

指导过程形式化，是指仅在读多少、怎么读，如何组织读书活动，如何激励学生讨论，如何制作读书卡片，如何检查读书笔记等形式上进行指导。学生虽然做好了这些，但依然读不懂、读不深。"读不懂"会降低学生理解文面意思的程度，"读不深"会妨碍学生有深度地把握书中意蕴，而学生更需要的是实质性指导。实质性指导就是要精准选择专业知识和把握学生阅读需要，就如何正确把握文面意思、深层挖掘文本意蕴，用好用活阅读成果等问题进行专业性指导，给学生提供走向书籍深处的专业钥匙。

2. 指导方法经验化

指导方法经验化，是指教师只是凭着自己阅读的经历和体验，凭着最初指导学生阅读的一些感性体验，对学生进行阅读

指导，缺乏理论上的方法论研究，在学生阅读必须达成的素养
目标、阅读内容选择的分级要求、阅读文本的解读策略、各种文
体的阅读技巧等方面语焉不详、理据不明。

3. 阅读交流单一化

阅读交流单一化有两种情况：

一是阅读交流主体的单一化，阅读交流只是在学生之间进
行，缺乏教师、父母的介入。新教育强调共读，共读才能拥有
共同的语言、价值和愿景；强调共读过程中的师生对话、亲子对
话，分享阅读体验。通过共读和对话，老师和父母才能真正知
道孩子在读什么书，在书中、在文本中孩子遇到了怎样的人、怎
样的事、怎样的思想，才可能真正理解孩子、懂得孩子，有效地
引导孩子成长。

二是阅读交流内容的单一化，阅读过程中和阅读之后交流
的内容只局限在文字表面的内容层面，不能在思想内涵、写作
手法等层面进行深入的研究和讨论。

4. 阅读评价功利化

阅读评价功利化表现为两种情况：

一是借助考试进行评价。有些地区、有些学校为了推进阅
读，把阅读的内容纳入考试范围，在学科考试的试卷中，安排
课本以外阅读情况测试的内容，赋予一定的分值。此举初衷可

以理解，但是，以应试教育的手段推进素质教育的范畴，功利化的阅读是走不远的。

　　二是通过物质层面的奖惩进行评价。阅读是满足人精神需要的生活方式。如果过度地，或者只是通过物质层面的奖惩（当然主要是奖励）来进行阅读评价，反而会弱化人精神层面的体验和追求，把阅读的动机引向单向度的对物质的追求。阅读评价中，尤其是幼儿园、小学低年级的阅读评价中，不能仅仅通过奖励小红花、五角星之类的方式进行。许多时候，孩子愿意阅读、能够阅读、读得好，老师和父母一个赞许的眼神、一个欣慰的笑容、一个抚摸孩子小脑袋的亲昵动作，就能让孩子感受到老师、父母对他的认同、满意、肯定和褒奖，让孩子获得情感上的满足和精神上的愉悦，更能激励孩子热爱阅读。

　　教师阅读指导不专业的原因主要是教师就阅读指导的专业学习不够。教师必须掌握与阅读相关的专业知识。以分享阅读课程体系为例，教师至少要系统掌握阅读的大概念，读本（绘本）的知识、基本的教学手段和其他相关的知识。这是一个比较庞大的体系，也是一个从浅到深、逐步深入的学习过程，通过下图，我们可以初步感受这个复杂的体系。很显然，在许多学校，多数教师，包括语文教师，这种系统的关于阅读指导的专业学习是不够的。阅读指导专业知识技能的准备不足，必然带来阅读指导的粗放而不专业。①

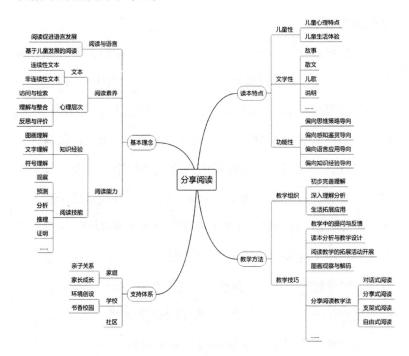

（三）学生有阅读行动，但有待养成良好习惯

总的来说，当下的学生都在读书，很少有学生不阅读，但是尚未普遍性地养成良好的阅读习惯。学生的不良阅读习惯主要有四种表现：

---

① 李文玲，舒华，主编. 儿童阅读的世界Ⅳ—— 学校、家庭与社区的实践研究. 北京：北京师范大学出版社，2016：71-72.

1. 被动阅读居多，自主阅读欠缺

阅读需要重视，需要推动，但用力不能过度。过度地用力，阅读的任务一个接着一个，反而会成为一种压力，使原本愉悦精神的阅读成了一种负担，孩子会失去自主阅读的空间，会消磨掉阅读的热情和兴趣。有些学校为了显示对阅读的重视，过度地使用行政手段推动阅读，使学生忙于被动应对各种文本、书籍的阅读，疲于应付阅读后产生的问题解答、读书笔记、故事演讲、书本剧表演、读书小报制作等一系列的任务，学生阅读内容、阅读方式、阅读时间、阅读空间的自主选择权被挤压，原始的阅读兴趣，随着负担的加重而逐渐消失。

倡导共读，是对的，但是学生的阅读不能只有共读。每个学生的精神成长，每个学生的自由精神、独立意志、独特思维的形成，更需要个性化的阅读，需要异质阅读。只有异质的阅读，才能造就异质的大脑；只有异质的大脑，才能带来创新。有些学校过于注重阅读书目的统一，忽视学生阅读的多元兴趣、个性化需求，没有给学生选择阅读内容的自由，反而阻碍了学生的精神发育。

2. 碎片阅读居多，系统阅读欠缺

随着信息时代和智能时代的到来，阅读方式和信息载体发生变化，在看似增加的阅读数量和阅读时间里，阅读变得支离破碎，系统阅读越来越少。中小学生又因为学习门类、内容的增加，作业负担的加重，自由支配的时间越来越少，能够用于阅读的整块时间也越来越少，客观上利于碎片化阅读，难以系统化阅读，难以在一个较长时间段内完整地阅读整本书，难以围绕某一专题系统化地阅读一系列的书籍，从阅读中获取的信息过于碎片化，不能有效架构完整的知识体系。

3. 浅层阅读居多，深度阅读欠缺

浅层阅读有两种表现：

一是阅读的内容过于浅显。一部分学生虽然读书，但是所读甚浅，阅读视野狭隘，格局小，情感类软文、动漫或流行小说侵占了学生太多时间，在现代价值观的提供上，缺失项较多，没有及时和社会生活同步，比如环境伦理、动物福利、生态保护、个体权利、食品安全等主题的阅读，普遍欠缺。这一点，在现在的儿童图书销售排名榜上可以窥见一斑。

二是阅读过程中的思考浮于浅表。信息时代的到来，电子阅读的强势卷入，碎片化阅读的流行，使得浅层阅读广泛存在，因此亟待重建"以人为中心"的阅读思维，即在阅读过程中，阅读者通过与自我对话、与他人对话、与自然对话、与社会对话，深度思考，重新阐释阅读的生命成长价值、深层境界、生活本真，通过阅读与美好生活、美好生命相遇，实现精神生命的成长。

深度阅读是相对于浅层阅读的一个概念，它不仅要在认知层面深度实现，更重要的是要在人际、生命层面实现情感、态度与价值观的相得益彰，从而真正实现人的全面、完整发展。通过深度阅读，学生获得参与感、意义感和自我感，彰显积极的、更高参与度的、思考性的阅读图景。这种深度阅读的欠缺比较普遍。

4. 语文学科阅读居多，其他学科阅读欠缺

长期以来，在分科教学的背景下，阅读成了仅属于语文学科的工作，窄化为语文课内外的阅读，其他学科的阅读没有得到应有的重视，阅读成为语文学科的附庸。还不能真正从学生终身学习、终身发展的角度，全面认识和把握阅读的重要价值和意义，没有将"阅读"从单纯的语文素养范畴转向学习能力体系，没有从长期占主导的文学性文本阅读，转向兼容实用类、信息类文本的阅读视域。

学生不良阅读习惯存在的主要原因在于阅读推进措施落实不到位和阅读指导方法不专业。缺乏正确的阅读动机，浓厚的阅读兴趣，科学的阅读方法，以及持续性的愉悦、兴奋的阅读体验，学生很难形成良好的阅读习惯。

（四）家庭有阅读意识，但尚未成为生活方式

改革开放以来，随着我国教育事业的发展，尤其是九年义

务教育的普及，学生父母群体受教育的水平不断提高，当下的学生父母都或多或少有一定的阅读意识，但多数学生父母的阅读存在着种种问题，家庭阅读尚未成为一种生活方式。

1. 不重视，"没时间"

对父母来说，尤其是那些年轻的父母们，正处于工作和生活压力最大、责任最重的年龄段。他们需要花费大量的时间来经营自己的事业，以及处理各种社会关系。即使行走在路上，或者在休息的间隙，也多是埋头在各类电子产品里接受铺天盖地的资讯。忙碌和压力成为"合理"的借口，各种电子产品"有效"地阻断了父母们通往阅读的路。

2. 不会选，不会读

学生父母的阅读一般包括四个方面：一是人文素养类阅读，二是业务研修类阅读，三是家庭教育类阅读，四是儿童书籍类阅读。其中儿童书籍类阅读是与孩子一起进行的共读。面对浩如烟海的书籍，多数学生父母不知道如何选择适合的阅读书目，也不知道如何进行有效的阅读。

3. 不行动，难坚持

对于部分父母来说，阅读往往是"说起来重要，做起来次要，忙起来不要"，行动落实少，更无法长期地坚持。有时兴之所至，翻开书本读上几页，过后便弃之一旁，无暇顾及。阅读呈现出一种零星式、碎片化的特征。

　　家庭阅读没有成为一种生活方式的直接原因是对阅读的价值和意义认识不足。"重要的事情总是有时间的。"阅读意识弱，行动少，说明阅读这件事在许多学生父母心中的重要性不够。更深层次的原因是许多学生父母没有过精神生活的习惯，缺乏精神上的饥饿感。"人"区别于动物的根本性标志是"人"不仅是一种物质性存在，更是一种精神性存在。作为物质性存在，"人"有物质生活的需求，饿了要吃饭，渴了要喝水。作为精神性存在，"人"更应该有精神生活的需求。一个人过精神生活的需求弱，便难以产生精神上的饥饿感，很难形成过精神生活的习惯。凡是不读书、读书少的人，包括学生父母没有一个是例外。

第二章　走向"幸福完整"的新阅读

一、阅读的意义和价值

英国近代杰出学者、辞书编纂家、藏书家塞缪尔·约翰逊曾经说过一句流芳百世的话:"阅读是基石。"① 这句话的本意是强调普遍真理从书本中得到,并经受实践的检验。在我看来,阅读的"基石"含意远不仅于此。在新教育实验的十大行动中,"营造书香校园"位列首位,它可以说是新教育行动的"逻辑起点"。何以如此? 这是因为,在我们看来,不论是个体、家庭、学校、社会,还是民族、国家乃至人类,阅读都是通向文明和进步的重要基石。"无限相信阅读的力量"已经成为新教育人、教育界,

---

① 史蒂文·罗杰·费希尔. 阅读的历史. 李瑞林,等译. 北京:商务印书馆,2009:243.

我们国家，乃至全世界的共识，它的意义无论怎样强调，都不过分。

关于阅读的意义和价值，我在《我的阅读观》[①]中曾经比较系统地从五个方面进行过分析：

第一，一个人的精神发育史就是他的阅读史。

个体的精神发育历程是整个人类精神发育历程的缩影。每一个个体在精神成长过程中，都要重复祖先经历的过程。这一重复，是要通过阅读来实现的。

人类的历史有很多的精神丰碑，要达到或者超越那些精神高峰，阅读并思考是唯一的途径。只有通过阅读，通过与孔子、孟子等先贤达人的对话，才能达到他们那个时代的精神高度；只有通过阅读，通过和文艺复兴时期的大师们交流，才能达到他们那个时代的思想境界。

人类精神的阶梯就这样随着重复阅读不断延伸。如果没有这样的重复，人类的精神就会退化，就会衰落。没有阅读，我们这一代人的精神境界可能还远不如文艺复兴时代的大师们，甚至还不如更早以前的历史阶段。

对人类思想的进化而言，对个人思想的发展而言，从信息到知识到智慧，就像一个金字塔，它是精神与智力逐步升级发

[①] 朱永新. 我的阅读观. 北京：中国人民大学出版社，2012.

展的过程。唯有通过书籍阅读，我们每一个人的智慧才能一步步地通往精神的"金字塔"之巅。将每一个人的智慧汇总起来，才能体现我们这个时代的精神高度。

没有阅读就不可能有个体心灵的成长，不可能有个体精神的完整发育。通过阅读，我们不一定变得更加富有，但我们一定可以变得更加智慧。

通过阅读，我们不一定能改变我们的长相，但一定可以改变我们的品位和气象。有些人相貌普普通通，但"听君一席话，胜读十年书"，令人如沐春风，你会觉得他深邃厚重，觉得自己得到很多启迪。人的相貌基于遗传无法改变，但是人的精神可以通过阅读而从容，而气象万千。

通过阅读，我们不一定能延长我们生命的长度，但一定可以改变我们生命的宽度，增加我们生命的厚度。人的生命长度有基因等先天因素在起作用，而后天阅读可以让我们的精神世界更加宽阔而充实。

通过阅读，我们可以在有限的生命当中欣赏无限的美景，体验精彩人生。

通过阅读，我们不一定能实现我们的人生梦想，但一定可以帮助我们更接近人生梦想。

第二，一个民族的精神境界取决于这个民族的阅读水平。

　　阅读不仅仅是个人的行为，更是国家行为。正如家庭教育，不仅仅是家事，更是国事。一个个个体的阅读水平形成了一个国家的整体阅读水平。一个国家、一个民族的共同阅读决定了其精神力量，而精神的力量对于一个国家软实力与核心竞争力的培育，起着关键作用。国际阅读协会在一份报告中曾经指出，阅读能力的高低直接影响到一个国家和民族的未来。

　　犹太民族是值得我们关注和研究的民族。全世界的犹太人加起来不超过3000万人，这个在公元70年以后就失去了祖国、到处流浪并寄人篱下的民族，为什么会产生那么多世界级杰出人物？从马克思、爱因斯坦、弗洛伊德、海涅、卓别林、毕加索、门德尔松、柏格森、胡塞尔、大卫·李嘉图、卢森堡、基辛格、斯皮尔伯格、玻尔、罗斯柴尔德……在全美200名最有影响的名人中和100多名诺贝尔奖得主中，占美国总人口2%至3%的犹太人占了一半；在全美名牌大学教授中，犹太人占1/3；全美律师中，犹太人占1/4；华盛顿和纽约两地的大律师事务所合伙人中，犹太人占40%；美国的百万富翁中，犹太人占1/3；全美文学、戏剧、音乐的一流作家中，犹太人占60%……不胜枚举。

　　人类的物质世界和精神世界，几乎都被犹太人改变过——马克思的唯物史观，改变过或依然在改变着人类对社会和历史的观点；弗洛伊德的精神分析学说，改变了人类对自身的认识；爱因斯坦的相对论，改变了人类对物理世界和时空的认识。《货币战争》一书甚至认为，是犹太人掌握着当今世界的金融命脉。

一个民族获得这些杰出成就，靠的是什么？是智慧。而智慧的背后，是犹太人精神成长历程中对于书籍宗教般的情怀。犹太人嗜书如命，将阅读置于很高的地位：每4500个犹太人就拥有一座图书馆。这种对书的迷恋和敬畏之情，非常值得我们关注。

《朗读手册》中有一句话："阅读是消灭无知、贫穷与绝望的终极武器，我们要在它们毁灭我们之前先歼灭它们。"①

为了我们这个民族的精神力量的养成，为了我们未来的终极前途，我们应该上升到国家战略的高度来认识阅读。

第三，一所没有阅读的学校永远不可能有真正的教育。

学校教育尤其是义务教育阶段，通过最有效率的课堂教育方式，将人类的知识高度集约化、效率化和组织化，在有限的时间内教给我们的孩子，作用就相当于母乳。但教科书不是真正意义上的原生态的思想。就像一个人如果一直母乳喂养就会发育不良一样，一个人的精神发育如果离开了自主阅读，离开

---

① 吉姆·崔利斯. 朗读手册. 沙永玲，麦奇美，麦倩宜，译. 海口：南海出版公司，2009：16.

了对于人类经典的阅读，就不可能走得很远，精神发育肯定不健全。

学校教育最关键的一点，就是让学生养成阅读的习惯、兴趣和能力。如果一个学校将这个问题解决了，主要的教育任务应该说就算完成了。如果一个孩子在十多年的教育历程中，还没有养成阅读的兴趣和习惯，一旦他离开校园就很容易将书本永远丢弃到一边，这样的教育一定是失败的。相反，一个孩子在学校里成绩虽然普普通通，但对阅读养成了浓厚的兴趣，养成了终身学习和阅读的习惯，他的未来一定会比考高分的孩子走得更远。学校教育不仅要像提供母乳一样给孩子们提供最初的滋养，最重要的是要通过提倡自主阅读让孩子们学会自由飞翔。

苏联教育思想家苏霍姆林斯基说，一个学校可以什么都没有，只要有了为学生和教师精神成长的书，那就是学校。只要有了书，孩子们就有了阳光，有了成长的空间。

一个人的精神饥饿感是在中小学形成的。古代的士大夫说"三日不读，面目可憎"，这正是精神的饥饿感造成的。人的很多习惯和能力的养成是有关键时期的，在这个时期如果适当地给予刺激，只要一学习就能够掌握。精神饥饿感的形成也有关键时期，一旦错过这个关键时期，再想养成阅读习惯，就很困难了。

没有阅读的学校，培养出来的学生也很难有阅读的习惯；没有阅读习惯，我们培养的学生就是半成品甚至是废品。面对未来的社会和挑战，他们将很难有完整的精神生活和充实的人生。

第四，一个书香充盈的城市才能成为美丽的精神家园。

城市的美丽固然表现在它的建筑、规划和绿化上，但一座城市的真正的美，还在于这座城市里的人的品位和气质。人的品位和气质是怎么来的？是通过书籍阅读而来。最优秀的城市就应该拥有最善于阅读的市民。

一个城市最美丽的风景应该是阅读的风景，一个文明的城市应该是学习型的城市。学习型城市的美丽不在于外在的山水树木、街道建筑的感官之美，而在于内在的思想之美、文化之美。学习型城市的美丽在于有着自我超越的市民、催人上进的组织、简单宁静的生活和自觉创新的文化。这是学习型城市的生命之美、灵动之美。

学习型城市的核心要素是学习型市民，市民的素质决定城市的竞争力。著名的城市学家刘易斯·芒福德认为，推动人类进步的两个伟大发明是文字和城市。是文字和城市的出现让信息的交换和物质的交换得以跨越时间和空间进行，而这个过程正是通过阅读来实现的。

有书香的城市，有阅读氛围的城市，才是令人向往的美丽城市。

第五，共读共写共同生活才能拥有共同语言、共同密码、共同价值、共同愿景。

我们所处的时代，几乎与所有快速成长的时代一样，有很大进步，但也有很多问题。今天，我们的社会缺乏共同的语言，而缺乏共同语言，又怎么可能有共同的理想、共同的道德标准和共同的价值观呢？

作为一个民族共同的精神密码，共同的语言从哪里来？从我们的历史中来，从我们对于世界文明包括中国经典的共同阅读中来。没有共同的语言，没有共同的思想和价值，我们的民族也只能是一盘散沙。

我们曾经或者依然拥有共同的神话和历史、共同的英雄和传说、共同的精灵和天使、共同的图画和音乐、共同的诗歌和小说，但很长时间以来，我们冷落了这些共同的精神财富。这种冷落给我们带来了严重的后果：共同信仰的缺失、文明道德的滑坡、共同愿景的混乱，社会主义核心价值体系和思想基础的建设，也面临许多新的问题。

为了寻找我们的历史，寻找我们自己，我们需要共读神话和历史。通过共读盘古开天、女娲补天、后羿射日、嫦娥奔月、精卫填海、夸父逐日、炎黄的战争与结盟，我们才能真正成为中

华民族祖先的文化后裔；通过阅读希腊神话、希伯来神话，通过
阅读美洲发现的历史，通过阅读南北战争解放黑人的美国历史，
我们才能了解其他民族的历史和传说，才能让整个人类的文明
在更大的生活圈里融为一体。

共同的阅读，是能够形成我们这个民族共同语言和共同精
神密码的关键，共同的阅读，是形成我们这个民族核心价值体
系的唯一途径。

总之，阅读，是一种主动的承继和发展的力量。阅读作为
人类行为，它源自于书籍却不限于书籍。人类通过阅读绘画、
雕刻、音乐，以及阅读不同的人生，进而改变我们自己，改变
我们的生活，直至改变我们的社会，改变我们的世界。

这里，我们再从以下六个方面论述阅读的价值和意义：

（一）阅读是个体生命走向幸福完整的必由之路

追求幸福是人的天然权利和终生发展的动力，幸福的最高
标志则是内心的宁静满足与人性的完整和谐。新教育认为，阅
读对个体的精神成长至关重要。没有阅读就不可能有个体心灵
的成长，不可能有个体精神的完整发育，也难以实现内心的宁
静满足与人性的完整和谐。

人是一种符号性的存在物。古人曾说："人之所以为人者，

言也。"① 当代哲学家海德格尔也有一句名言:"语言是存在之家。"② 这里的"存在"是指人的存在,是语言使人的存在意义得到显现。③ 考古研究也证实,语言行为是人类特有的禀赋,语言交流是决定其他交流形式的源头。智人(homo sapiens,人属下的唯一现存物种,生活在距今25万至4万年前)首先是作为语言人(homo loquens),即会讲话的人类出现的。④ 人不仅通过生产工具等中介建立与世界的物质联系,而且通过语言符号等中介建立与世界的精神联系,二者缺一不可。只有人才能借助语言等符号拥有真正的阅读生活,编织丰饶瑰丽的精神世界。从某种意义上可以说,没有阅读,人的精神生命不复存在。这也许正是福楼拜说的"阅读是为了活着",也即为了"精神地活着"或者活得更有价值更有意义的深刻意蕴!随着人类物质生活的极大进步与繁荣,自由休闲时间的不断增加,阅读生活更能彰显它对于人性存在与发展的生死攸关的巨大意义。

每一个人的生命都是一粒神奇的种子,蕴藏着不为人知的

---

① 徐正英,邹皓,译注. 春秋穀梁传. 北京:中华书局,2016.
② 海德格尔. 在通向语言的途中. 孙周兴,译. 北京:商务印书馆,1997:108.
③ 叶秀山. 思·史·诗——现象学和存在哲学研究. 北京:人民出版社,1988:176-177.
④ 海然热. 语言人:论语言学对人文科学的贡献. 张祖建,译. 北京:生活·读书·新知三联书店,1999:4-8.

秘密，而阅读能够唤醒这种潜在的美好与神奇。因为人类最伟大的智慧、最伟大的思想没有办法从父母那里拷贝和遗传，而是深藏在那些最伟大的经典书籍之中。阅读对于生命唤醒的独特价值在于：书籍在生命独自面对另外一种精神与情感的情境时，为之架设起了灵魂交流的场域，使阅读本身和人精神的会通变得可能，从而充盈了个体生命的精神生活世界，赋予了个体生命更多的意义，让人不断实践高尚的人生价值。这种读者与作者之间、读者与读者之间的互相映照反复出现，也就意味着自我教育的不断实施。

诚然，阅读可以在很大程度上解决个人的生存之道，这一点在今天已经是不争的事实。但阅读的真正意义在于：一旦它成为人的生活不可或缺的一部分，就会成为一种生命享受和圆满的确证。正如英国作家毛姆所说的那样："阅读应该是一种享受……那些书，既不能帮助你获得学位，也不能指导你如何谋生，不去教你驾驶船舶的技巧，也不告诉你如何维修一辆出了事故的机车。然而，只要你们能真正享受这些书，它们将使你的生活更丰富，更充实而圆满，使你更加感到快乐。"[1] 这是因为，广采百花式的博览群书引领我们走上通往爱、真理和智慧

---

[1] 毛姆. 阅读的艺术. 陈安澜，等编译. 上海：上海翻译出版公司，1988：
     68.

的康庄大道，让我们的心灵变得辽阔而深远，像朱熹《观书有感》诗中描绘的那个清澈如许的"半亩方塘"映照出天光云影的大千世界，同时也变得静谧而温煦，足以抵御世界的一切喧嚣与浮躁，获得真正的幸福。

对于个体而言，阅读还是一种弥补差距的向上之力。陈平原先生就其《读书的"风景"》一书接受《文汇报》记者采访时曾经说过，读书的意义就是保持一种思考、反省、批判，保持一种上下求索的姿态和能力。"如果过了若干年，你半夜醒来发现自己已经好长时间没读书，而且没有任何负罪感的时候，你就必须知道，你已经堕落了。不是说书本本身特了不起，而是读书这个行为意味着你没有完全认同这个现世和现实，你还有追求，还在奋斗，你还有不满，你还在寻找另一种可能性，另一种生活方式。说到底，读书是一种精神生活。"①

阅读，尤其是儿童阅读，在影响人的志向、人生观、品格情操和生命状态方面的重要作用，已经取得了广泛的共识。新教育认为，阅读是一种人的意识、思维、心智、认知、情感等全部参与的向上活动，一种个人建构其精神意义和文化生活过程的活动。每个生命体都先天存在差异，但阅读却是一种可以通过

---

① 吴越. 当阅读被检索取代，修养是最大的输家 —— 陈平原谈数字时代的人文困境. 文汇报，2012-07-13.

后天培养人人能够掌握的能力。教会孩子阅读，让孩子拥有阅读的能力，他便会通过与书本的对话，拥有积极的人生观；会通过所阅读到的正能量的内容，不断修正自己对人生和世界的态度看法，从而提升自己的综合素养，养成向上的高尚品格，并弥补人的先天不足。

美国著名出版家威尔·施瓦尔贝在《为生命而阅读》的扉页上引用了乔治·R.R.马丁的一句名言："读书的人，在他死之前，活过一千次人生。不读书的人，只活了一次。"为什么这样说呢，因为我们每个人生活的时间、空间总是有限的。而通过阅读，我们能够穿越时间空间的限制，看见不同的生活，不同的风景，不同的人生。我们不需要通过自己尝试错误而获得智慧，而能够通过观察别人的生命、了解别人的活动而增长自己的智慧。很重要的一点，是"大多数书里都留着丝丝缕缕成千上万本作家下笔前读过的书的痕迹"①，也就是说，其实每本书的智慧，不仅仅是作者本人的智慧，更是包括了他阅读了许多其他作品获得的智慧。人类的智慧，其实也是这样逐步积累发展起来的。所以，他说："读书是我知道的最好的学习如何审视自己生活方式的方法。比比看自己做过的事和别人做过的事，自己的想法、

---

① 威尔·施瓦尔贝. 为生命而阅读. 孙鹤，译. 南京：江苏凤凰文艺出版社，2017：1.

理论、感受和别人的想法、理论和感受，你会愈发了解自己和周围的世界。也许这就是为什么阅读是少数几个独自完成却让人感觉不那么孤单的事；阅读是一个连接他人的个体行为。"①

的确如此，反思是一个人成长的最重要路径之一。苏格拉底曾经说过，未经审视的生活是不值得过的。每个人的生活时空总是有限的。如果只是对照自己生活的时空环境，对照自己周围的人和事，对照身边人的想法、理论和感受，这样的反思或审视是不够的。所以，阅读，帮助我们打开了世界的一扇大门，让我们看到了更加广阔的天空，看到了更多的人和事，看到了更多更伟大人物的想法、理论和感受，于是，我们能够更清晰地看到作为对照物的自己和周围世界。这也是阅读能够让我们远离孤独的原因所在。阅读，让我们和世界站在一起，让我们和别人连接在一起。

我曾经说过，阅读不一定能够改变我们生命的长度，但是可以改变我们生命的宽度、厚度和高度。现在看来，这个判断过于保守了。应该再加上阅读还能改变我们生命的"长度"，也即阅读还是寿命得以延长的一个原因。阅读在保持认知能力的同时，让人们对人生、对世界也有更加清晰豁达的感受，拥有

---

① 威尔·施瓦尔贝. 为生命而阅读. 孙鹤，译. 南京:江苏凤凰文艺出版社，2017 : 1.

更加宁静淡然的生活态度。美国《华盛顿邮报》曾经报道过耶鲁大学的一项研究，研究者追踪了3635名50岁以上的受访者的阅读习惯，为期12年。他们被分为三组：不读书者、每周读书少于3.5小时者和超过3.5小时者。结果显示，两组读书者的寿命普遍较不读书者长20%，其中每周读书超过3.5小时者比不读书者寿命平均长23个月。他们的研究报告说书就像健康的饮食和运动，似乎有促进"存活优势"的效果。① 中国学者没有类似的研究验证他们的研究结果。但是，阅读能够让人宁静，让人有更广阔的胸襟，让人更理解这个世界和人，无疑会让人有更好的心态，延年益寿自然在情理之中。

（二）阅读是家庭文化传承与创新的重要根基

中外都有源远流长的家庭阅读传统。例如，最早的"童话"其实很多是来自成人传播的民间故事（folk tale），但到了18至20世纪，西方一些中产阶级女性知识分子或贵族妇人如博蒙夫人、奥诺伊夫人等为了缔造更高品位的家庭教育，培养孩子的高雅情趣，就修改民间故事，剔除其中的"儿童不宜"，转化为适合儿童的"童话故事"（法语称之为 conteuses，意思就是"女

---

① 王兴旺. 每天读书半小时增寿两年. http://health.people.com.cn/GB/n1/2016/0814/c21471-28634373.html，2016-08-14.

性讲故事者"),在家庭开展亲子阅读。这时,真正意义上的"童话"(fairy tale)才产生了。这同时也足以证明成人对于儿童阅读的重视。再例如,英国传统的绅士教育十分重视家庭教育,甚至看得比一般的学校教育还要重要,家庭阅读具有至高无上的地位。有人对英国18世纪的托马斯·特纳和佩吉·特纳夫妇的家庭阅读做过个案研究,发现在他们的家庭里,尽管日常生活和工作非常辛苦,但每天的阅读必不可少,或是边做事边阅读,或是不同文本之间的交替阅读,阅读成为他们社交的一部分,主要出于一种虔诚的信仰。①

至于中国传统社会,更有"诗书传家""耕读传家"的文化传承,所谓"道德传家,十代以上,耕读传家次之,诗书传家又次之,富贵传家,不过三代"的说法,除了"富贵传家"不足取,"道德传家""耕读传家"和"诗书传家"其实是不可分割的,道德传家虽然最可取,但它离不开"耕"(体力劳动、物质生产)和"读"(脑力学习、精神滋养),所以清朝张师载在《课子随笔·三·宗约》中主张"耕读为上",是有道理的。在漫长的家庭耕读文化传统中,读书必然成为"家训"的核心内容。孔子的家训(所谓"过庭之训")中就有"不学《诗》,无以言""人而不为

---

① 邓咏秋,李天英,编. 爱上阅读. 武汉:武汉大学出版社,2007:4-5.

《周南》《召南》，其犹正墙面而立也与"①的内容，对以后以"诗教"传承为主要特点的传统家训影响深远，直到清代还被康熙引用来教育皇子："诗之为教也，所从来远矣……思夫伯鱼过庭之训，'小子何莫学夫诗'之教，则凡有志于学者，岂可不以学诗为要乎？"②。颜之推的《颜氏家训》是我国走向成熟的家训典籍，他也勉子自立，读书致用："父兄不可常依，乡国不可常保，一旦流离，无人庇荫，当自求诸身尔。谚曰：'积财千万，不如薄伎在身。'伎之易习而可贵者，无过读书也。"③即使年岁渐长，仍当发愤勤读，照样大器晚成："孔子云：'五十以学《易》，可以无大过矣。'……荀卿五十，始来游学，犹为硕儒；公孙弘四十余，方读《春秋》，以此遂登丞相。"颜之推说："幼而学者，如日出之光，老而学者，如秉烛夜行，犹贤乎瞑目而未见者也。"④唐代还出现了家训诗。如杜甫在儿子杜宗武生日作诗《宗武生日》训导其子："诗是吾家事，人传世上情。熟精《文选》理，休觅彩衣轻。"在另一首《又示宗武》的诗中，杜甫又告诫儿子学习孔子弟子饱读诗书以求术业有成的重要："觅句新知律，摊书

---

① 程树德，撰. 论语集释. 北京：中华书局，2017：1561.

② 雍正皇帝辑录整理. 康熙皇帝告万民书·康熙皇帝教子格言. 长沙：湖南人民出版社，1999.

③ 颜之推. 颜氏家训. 易孟醇，夏光弘，译注. 长沙：岳麓书社，1999.

④ 颜之推. 颜氏家训. 易孟醇，夏光弘，译注. 长沙：岳麓书社，1999.

解满床。试吟青玉案，莫羡紫罗囊。假日从时饮，明年共我长。应须饱经术，已似爱文章。十五男儿志，三千弟子行。曾参与游夏，达者得升堂。"元代也有不少家训诗，如耶律楚材给儿子耶律铸的诗《子铸生朝润之以诗为寿予因继其韵以遗之》，其中就有这样的告诫："汝知学不学，何啻云泥隔。为山亏一篑，龙门空点额。远袭周孔风，近追颜孟迹。优游礼乐方，造次仁义宅。继夜诵诗书，废时毋博弈。勤惰分龙猪，三十成骨骼。孜孜寝食废，安可忘朝夕。"在另一首《为子铸作诗三十韵》中，耶律楚材又劝勉儿子远离声色，苦读经史："经史宜勉旃，慎毋耽博弈。深思识言行，每戒迷声色。德业时乾乾，自强当不息。幼岁侍皇储，且作春宫客。一旦冲青天，翱翔腾六翮。"清代洋务派的家训强调了读书与经世致用的联系，影响十分深远。例如曾国藩的家训以读书为第一要务，强调读书要志存高远，而不为个人进退得失所囿："君子之立志也，有民胞物与之量，有内圣外王之业，而后不忝于父母之所生，不愧为天地之完人。"① 左宗棠在家书中也告诫儿子，读书要知行合一，学以致用："终日读书，而所行不逮一村农野夫，乃能言之鹦鹉耳。纵能掇巍科、跻通显，于世何益？于家何益？非惟无益，且有害也。"② 李鸿

---

① 曾国藩. 曾国藩家书. 长沙：岳麓书社，2011.
② 左宗棠. 左宗棠全集. 家书·诗文. 长沙：岳麓书社，2009.

章在给儿子的家书中也指出:"西人学求实济,无论为士、为工、为兵,无不入塾读书,共明其理,习见其器,躬亲其事,各致其心思巧力,递相师授,期于月异而岁不同。"传统家训总是离不开读书的殷殷嘱托与规劝。如何继承重视读书这份弥足珍贵的家庭文化传统,回应多媒体时代对于阅读的挑战,重建适应时代变化的新型家庭阅读文化,对于个人乃至民族的未来,至关重要。

新教育认为,家庭是人生永远离不开的场所,它是生命成长的起点,也是生命停泊的港湾。"正家而天下定矣。"① 家庭更是国家发展、民族进步、社会和谐的重要基点。做父母、做好孩子的家庭教育是一门学问,而阅读,尤其是亲子阅读是帮助父母成长,进而通过父母促进子女心灵健康成长最廉价、最便捷、最有效也是最优雅的一条路径。阅读和家庭是整个教育最重要的基石,而阅读与家庭两个基石,本身又可以合并成为一个更大的家庭基石。因为,阅读的种子,是在家庭播下的。

父母的书架决定孩子的未来,最好的学区房就是家中的书房,投入产出比最好的投资就是对孩子阅读的投入。美国阅读研究专家吉姆·崔利斯在《朗读手册》一书的绪论部分,一开始就引用了一首最受美国人喜爱的诗《阅读的妈妈》:"你或许拥有

---

① 黄寿祺,张善文,撰. 周易译注. 上海:上海古籍出版社,2004.

无限的财富，一箱箱的珠宝与一柜柜的黄金。但你永远不会比我富有 —— 我有一位读书给我听的妈妈。"[①]日本"图画书之父"松居直在《幸福的种子：亲子共读图画书》中也说过："念书给孩子听，就好像和孩子手牵手到故事国去旅行，共同分享同一段充满温暖语言的快乐时光。即使经过几十年，我们仍然以自己的方式，将这些宝贵的经验和美好的回忆珍藏在内心深处。""亲子之间丰富的语言交流，是一个家庭最大的财富。"[②]如果在进入学校以前，孩子就已经热爱阅读，具有初步的阅读习惯、阅读兴趣与阅读能力，我们的教育就会更加顺利，更有成效。

苏州大学新教育研究院杨帆博士与张秀慧曾经基于新教育实验与非新教育实验学校的阅读相关数据，研究了家庭藏书对阅读素养的影响及其作用机制。他们的研究发现，新教育实验学生的家庭书屋建设情况比非新教育实验学生更为理想，且其在阅读上付出的时间更多，阅读素养水平也更高。家庭藏书不仅可以直接正向预测阅读素养，而且会通过增多阅读行为间接提升阅读素养。此外，阅读行为在家庭书屋与阅读素养关系间的中介作用具有跨学校类型的一致性。这一研究表明：新教育实

---

① 吉姆·崔利斯. 朗读手册. 沙永玲，麦奇美，麦倩宜，译. 海口：南海出版公司，2009：1.

② 松居直. 幸福的种子：亲子共读图画书. 刘涤昭，译. 南昌：二十一世纪出版社，2013：7-8.

验学校学生家庭书屋的建设情况显著优于非新教育实验学校学生，并且促使儿童在阅读上付出更多时间。建设家庭书屋是新教育实验学校学生具有更高水平阅读素养的重要原因。①

　　自从20世纪70年代末80年代初新西兰教育家霍德威等人首创了亲子分享阅读（Parent-child shared-book reading）这一成人与儿童互动的早期阅读方法以来，国外越来越重视亲子分享阅读。②亲子阅读、家庭阅读比什么都更能有助于营造温馨、和谐、高贵的家庭文化氛围。可以想见，置身于一个书香氤氲、文气缭绕，拥有丰富藏书、经常开展亲子阅读和众多书友雅集的家庭，游心经典，澄怀观道，吟诗诵文，畅叙心得，那是怎样的雅兴与格调。在这里，人的精神得以纵横驰骋和自由飞扬，生命得以抚慰、安顿和净化。家庭阅读尤其是家庭读书聚会常常是亲友宾朋会聚于雅舍书阁或绿郊山野，边阅读，边沐风听涛，观月赏花，抚琴品茗，阅读与自然、艺术相互补充，个人阅读与群体交流相互交织，家庭阅读和社会阅读相互融通。家庭阅读聚会邀请非家庭成员参与，如同社会组织的公共阅读也会活跃着家庭成员的身影一样，它们之间的互动让家庭和社

① 杨帆，张秀慧. 家庭藏书对学生阅读素养的影响及其作用机制. 中国出版，2022（08）.
② 谢倩，杨红玲. 国外关于亲子分享阅读及其影响因素的研究综述. 学前教育研究，2007（03）.

区的公共阅读彼此熠熠生辉，彼此从中受益。这样的家庭读书聚会借助清芬四溢、气韵生动、情趣盎然的读书交流，搭建了个人、家庭、社会、自然、文化之间和谐共生的桥梁，成为社会文化进步与繁荣、民众人格自由与高贵的重要表征！　①

（三）阅读是理想学校建设与发展的根本手段

学校教育在这两百年里发生了翻天覆地的变化，读书似乎已经成为学校的代名词，学校已然成为"书籍的朝代"的主要殿堂。因此，在学校中，书籍是最不可缺少的材料和财富。

德国学者、作家赫尔曼·黑塞曾经写道："每年，我们都看到成千上万的孩子走入学校接受教育，勾画着最初学到的字母，辨认着最早接触的音节，我们一再看到，对大部分孩子来说，能够阅读会非常迅速地成为一件理所当然、无足轻重的事情，而另一些孩子却会年复一年地、几十年如一日地愈发陶醉地、惊讶地使用学校赋予他们的那把神奇的钥匙，因为即使今天每个人都得以学习阅读，但是，总是只有少数人才会意识到，交到他们手中的是什么样的一个强有力的护身符。"② 现代学校制度

---

① 李庆明. 传灯——文化传承语境里的家庭阅读. 教育研究与评论，2018（05）.

② 赫尔曼·黑塞. 书籍的世界. 马剑，译. 广州：花城出版社，2014：190.

已经基本扫除了不会阅读的文盲。阅读，成为每个人都能够掌握的认识世界的能力。只要愿意，每个人都可以通过阅读，走进这个神奇的世界。但是，人们在掌握了阅读的能力之后，每个人的阅读态度、阅读方式、阅读境界是完全不同的。有些人，只是浅尝即止，停留在浏览报纸、看看电视电脑、翻翻流行小说的水平，有些人却通过阅读"继续探究这个书籍的世界并且一步步地发现，这个世界是何其宽广、何其丰富多彩、何其令人振奋！"只有真正走进这个世界的人才会发现，它不仅仅是一个繁花似锦的大公园，一道美丽的精神风景，更是一座"具有千重殿堂和庭院的庙宇"，在这里，所有的民族和时代的精神汇聚一堂，始终期待着通过被人阅读而醒来。对于有些人来说，书籍就是书籍；对于另外一些人来说，书籍就是整个的世界。阅读，是他们的一个强有力的护身符，帮助他们进入任何神奇的世界。

在新教育看来，阅读是学校最为基础的一种教育手段，是辐射全部教育教学领域、贯穿整个教育教学过程的基本要素。如果将阅读渗透到每个学科，不仅有语文阅读，而且还有数学阅读、科学阅读、思品阅读、历史阅读、地理阅读，甚至艺术阅读、体育阅读，学校才堪称真正意义上的"书香校园"；如果让阅读变成班级管理的抓手，通过读书俱乐部、班级读书会等组织及其丰富多彩的班级阅读交流活动，自然会给班级所有成员带来莫大的乐趣，并凝结成班级团队精神全面升华与个体人格全面生成的纽带，只有如此，班级管理才能改变以往耽于道德说教、重于纪律管束、忙于琐碎杂务、穷于人事应付的被动格局，上升到文化濡染与精神陶冶的高度，对师生的共同成长产生深远的影响。

其实，学校管理也是如此。如果学校提供有大量的阅读时间，有大批热爱阅读的孩子，校园的管理将变得容易，令人烦恼的教学问题也会得以改善。当学生进行自由阅读时，班级会非常安静，很少出现秩序问题；如果用阅读搭建一座连接学校、家庭、社区的桥梁，就一定能最大限度地消解彼此的种种隔阂与误解，不仅能增强互信，促进共生，而且能充分发挥学校主导作用，有效引领家庭和社会的文化建设。说到底，学校教育最关键的一点，就是培养学生阅读的习惯、兴趣和能力。将这个问题解决了，主要的教育任务应该说就算完成了。如果一个孩子在十多年的教育历程中，还没有养成阅读的兴趣、习惯和能力，一旦他离开校园就很容易将书本永远丢弃到一边，这样的教育一定是失败的。

新教育多年的实验则表明，与非新教育实验学校的学生相比，新教育实验学校的学生在阅读表现、数学表现、学校归属感等方面具有显著优势。有研究机构用"学习状况调查问卷"和

"阅读水平测试试卷"对全国各地39所小学的3300多名四年级学生进行了测试。测试结果显示：新教育学生在阅读素养方面的成绩极其显著地高于非新教育的学生，充分表明在小学阶段，新教育的活动和措施在学生阅读素养的教学和发展上取得了非常有效的成果。①

　　苏州大学新教育研究院以1402名新教育实验学校四年级学生为被试，运用阅读态度问卷、阅读行为问卷和阅读素养测试试卷进行测量研究，考察新教育实验学校学生的阅读态度、阅读行为和阅读素养之间的关系。结果发现，新教育实验学校学生的阅读态度和阅读行为均处于较高水平；阅读态度和阅读行为对阅读素养的联合解释力为11.9%；在阅读态度的子维度中，阅读自信相比阅读兴趣和阅读动机对学生阅读素养的预测效力更大；阅读行为在阅读态度和阅读素养之间起到完全中介的作用。这一研究表明：新教育实验学生的阅读态度和阅读行为显著地优于未参与新教育实验学校的学生，并且，在新教育实验学校中，改善学生阅读自信比改善学生阅读兴趣和阅读动机有更为积极的作用。② 基于比格斯3P模型[前提（Presage）、过

---

① 李东琴. 新教育实验的学生阅读素养报告. 中国教育学刊，2016（05）.
② 夏之晨，朱永新，许庆豫. 学生阅读素养的提升路径：新教育实验学校的实践——基于阅读态度、阅读行为与阅读素养关系的比较研究. 教育研究与评论，2017（02）.

程（Process）、结果（Product）]，结合国际教育评估框架，研究人员提出以学习兴趣、课堂表现、学习能力三个方面作为主要指标编制问卷，对新教育实验学校学生学习表现进行评估。研究发现，新教育实验学校学生与非新教育实验学校的学生相比，在阅读表现、数学表现方面具有显著优势，在阅读表现方面，这种优势更加明显；加入新教育实验的时间越长，学生学习表现越好。新教育实验初显成效，其理念与实践经验值得借鉴与推广。① 美国休斯顿教育局叶仁敏博士主持研究并主编的著作《行动的力量 —— 新教育实验实证研究》一书中，以大量的数据表明：新教育实验学校在学生的阅读兴趣、阅读能力、阅读习惯以及学校的归属感等方面明显优于非新教育学校。②

此外，阅读行动还促使大批乡村学校、普通孩子获得优质发展，为推进教育公平做出了一定的贡献。新教育实验学校62%在农村或者边远地区。20多年来，新教育实验在改变农村学校的教育生态，提升农村学校的办学品质方面做了大量工作，新教育实验的阅读改革，找到了既可以提高学生学业成绩，又能

---

① 卢玮，俞冰，杨帆，许庆豫. 关注学生成长：新教育实验学校实践效果的基本评估 —— 基于新教育实验学校与非新教育实验学校的比较. 基础教育，2018（04）.

② 叶仁敏，主编. 行动的力量：新教育实验实证研究. 北京：北京大学出版社，2017：62－166.

提升其综合素养的路径，使一大批普通的孩子得到了健康成长，成为优秀学生；使一大批乡村学校迅速成长，成为远近闻名的书香校园，成为有口碑有品质的优秀学校。厦门市同安区最早的一所新教育实验学校梧侣学校，是一所以打工子弟为主体的学校，经过近十年的努力，已经成为当地最好的学校。①

（四）阅读是社会改良与历史进步的主要工具

美国教育心理学家布鲁纳有一段非常精彩的关于文学的意义的论述。他说："文学让一切事物都有假设的余地，让一切变得奇妙，让原本显而易见的变得暧昧模糊，原本未知的却忽然再明白不过，让价值游走于理性与直觉之间。文学为自由、光明、想象力和理性所用，它是我们度过漫漫长夜的唯一希望……"②他还说："诗和小说将伴随我们以终，并源源不绝地帮助我们重建对现世的认识。至于文学评论和文学演绎则与人类在现实生活中为了诠释意义所做的各种努力相辉映。而所谓的现实，不也是我们所一手创造架构的吗？"在布鲁纳看来，文学，是帮助我们认识世界、解释世界和创造世界的重要源泉。我们

---

① 林加进. 走在新教育的路上. 江苏教育报，2021-05-28.
② 艾登·钱伯斯. 说来听听：儿童、阅读与讨论. 蔡宜容，译. 北京：北京联合出版公司，2016：32.

每个人的生活空间都是非常有限的，但是，通过文学，我们认识了一个更大的世界，认识了更多的形形色色的人，更深刻地理解了世界和人性的复杂性。文学在培养了我们的感性的同时也铸就了我们的理性，形成了我们的世界观、人生观和价值观。于是，我们不仅仅欣赏那些美丽的文字，也憧憬更美好的生活。

我们在阅读文本的同时，也阅读生活，阅读世界，同时创造生活，创造世界。通过文学，我们有了一个更加美好的世界和更加美丽的人生，我们又根据文学中的形象去塑造自己、改造生活、创造奇迹。文学让世界更美好，让生活更美好，也让我们自己更美好。

那么，阅读究竟为人类社会带来了什么呢？首先，阅读的普及催生了现代化进程的一系列重大变革。

弗兰克·富里迪指出："阅读改变了人类的意识并且改变了世界。它不仅可以充当一种强大的交流媒介或娱乐资源，而且打开了通向几乎所有重要事物的知识之门。"① 这段文字包含了关于阅读的四个基本判断：第一，阅读改变了人类的意识。通过阅读，人们的思维、认知、视野都发生了变化。第二，阅读改变了世界。人们的思维、认知、视野变化了，行为也会发生相应的

---

① 弗兰克·富里迪. 阅读的力量：从苏格拉底到推特. 徐弢，李思凡，译. 北京：北京大学出版社，2020：1.

变化，自然就会通过他们的科技发明创造以及艺术审美活动等一系列行为改变生活，改变世界。第三，阅读是一种强大的交流媒介和娱乐资源。人与人之间沟通交流经常是基于共同的阅读进行的，各种娱乐资源往往基于各种阅读的文本。第四，阅读是通向所有重要事物的知识之门。阅读，可以为我们打开所有学科、所有领域的知识之门。这句言简意赅的论断，把阅读的力量讲得非常明确透彻。

人类历史的现代化进程是以笃信"知识就是力量"为前提的，伴随教育的世俗化、大众化进程，阅读的人口数量空前增加，除了学校阅读，家庭阅读、公共阅读也都应运而生，阅读的普及激活了大众的智力，拓展了人们的视野，促进了文化的交流，由此产生的巨大动力加速了人类文明的进程，迎来了空前释放和展示人的尊严、激情、个性、博学、才艺和创造力的"巨人时代"，科学家、发明家、艺术家层出不穷，灿若繁星，直接催生了文艺复兴、启蒙运动、工业革命、科学革命等一系列的变革。这一点，对于推进我国全面实现现代化的大国梦想，同样具有极为重要的启迪意义。

在推进近现代化的过程中，不可忽视的一种力量就是公共图书馆的作用。在二战中被毁的德国国家图书馆废墟上，德国人曾经树立过这样一块碑："没有比毁掉图书馆更容易毁掉一个国家的文化。"

的确，公共图书馆在促进社会进步、弘扬文化传统、支持地方经济、培养人才技能、激发个人创造力、提高社会整体智能水平、建设学习型城市等方面都有着不可低估的作用，是民族的文化中心、城市的精神客厅、人民的心灵牧场。

对国家民族的文化建设来说，公共图书馆厥功至伟，是不折不扣的文化中心。联合国教科文组织颁布的《公共图书馆宣言》明确指出，"公共图书馆是传播教育、文化和信息的一支有生力量，是促使人们寻找和平和精神幸福的基本资源"。"公共图书馆，作为人们寻求知识的重要渠道，为个人和社会群体进行终身教育、自主决策和文化发展提供了基本条件。"

《宣言》还详细阐述了公共图书馆的十二项使命：

1. 养成并强化儿童早期的阅读习惯；

2. 支持个人和自学教育以及各级正规教育；

3. 提供个人创造力发展的机会；

4. 激发儿童和青年的想象力和创造力；

5. 加强文化遗产意识，提高艺术鉴赏力，促进科学成就和科技创新；

6. 提供接触各种表演艺术文化展示的机会；

7. 促进不同文化之间的对话，支持文化多样性的发展；

8. 支持口述传统文化的保存和传播；

9. 保证市民获取各种社区信息；

10. 为地方企业、社团群体提供充足的信息服务；

11. 促进信息技术的发展和计算机应用能力的提高；

12. 支持并参与各年龄群体的扫盲活动和计划，在必要时组织发起这样的活动。

对一座城市来说，图书馆保存、保护和弘扬地方文化，为地方和社区提供方便快捷的各种文化服务，是公共图书馆的重要任务，也让图书馆成为这个城市的精神客厅。

图书馆应该尽可能收集与保存城市的文化资料与信息，保存城市的文化记忆；应该通过各种措施推广和传播区域的文化传统，让死的文字与文物通过传承人、推广人的努力得到复活与再生。

对民众来说，可以在图书馆里与大师对话，汲取知识的养料，让心灵自由驰骋，图书馆应该是人们充实自我的心灵牧场。

正如爱默生所说的那样，图书馆是一座神奇的陈列大厅，在大厅里人类的精灵都像着了魔一样沉睡着，等待我们用咒语把它们从沉睡中解脱出来。公共图书馆应该通过各种活动，吸引人们走近书籍，培养人们成为读者，让人们对自己的文化产生浓厚的兴趣与自豪感，让人们对外面世界充满好奇，积极求索。

正因为如此，世界各国都非常重视公共图书馆的建设。

联合国20世纪70年代公布的公共图书馆拥有量标准为：3万人/座。目前发达国家平均公共图书馆拥有量为：瑞士3000人/座、挪威4000人/座、奥地利4000人/座、芬兰5000人/座、德国6600人/座、英国1.14万人/座、法国2.2万人/座、意大利2.6万人/座、美国3.11万人/座。相对而言，我国公共图书馆的平均拥有量只有46万人/座，1181人/平方米；人均藏书0.27册。而且大城市的公共图书馆普及率也比较低。其中北京市公共图书馆平均拥有量：55万人/座，104人/平方米；人均藏书2.8册。上海市平均公共图书馆拥有量：54万人/座，人均藏书3.53册。广州市平均公共图书馆拥有量：65万人/座，625人/平方米，人均藏书0.4册。我国目前公共图书馆持证读者数582万，仅占全国总人口的0.47%（美国为67%，英国为58%）；平均每册藏书年流通仅为0.4次；在一项调查中发现仅5%的受访者曾经在图书馆中读过书。

如果没有公共图书馆，一个国家与民族就如同一个人失去了灵魂，一座城市就如同一座房屋没有客厅和书房，一个人就如同一匹骏马远离了牧场。

这是一片肥沃的土壤，在这里不断汲取营养，生命最终会如同花朵般怒放；这是一个宁静的隧道，在这里能够穿越时空，倾听人类精神奏响的所有伟大乐章；这是一间神圣的殿堂，在这里隔绝了时代的喧嚣、内心的烦躁，真善美吐露着永恒的芬芳。这个肥沃的、安静的、神圣的地方，就是图书馆，它有一种奇妙的力量。

英国哲学家波普尔曾提出著名的"世界三"理论，"世界一"是客观世界，"世界二"是精神世界，"世界三"则是文献的世界。他据此得出一个著名的结论：如果世界毁灭了，只要图书馆收藏的客观知识和人类的学习能力还存在，人类社会仍将可以再次运转，但如果图书馆也被毁灭，那么，人类恐怕就要回到洪荒时期了。[①] 由此足见图书馆对于社会文明发展的重要性。这一点在今天尤为明显。家庭、学校的藏书毕竟是有限的，公共图书馆作为现代公共生活的信息中心，它的免费开放，将为我们提供全民阅读、连续阅读、终身阅读的保障。深圳图书馆原馆长吴晞认为，公共图书馆应该对市民免费开放："进馆可以不带钱包。""市民不需要带任何证件，不需要任何手续，都可以进馆看书。"[②]

在新西兰，惠灵顿公共图书馆会为每个新生的婴儿送上一个图书馆礼包，包括一本关于父母如何提高孩子阅读能力的书，一本父母和孩子一起看的书，还有一张图书馆读者卡。每个图书馆都有面向不同年龄的孩子的阅读活动，图书馆有专门的儿童图书馆员来负责此事。学龄前儿童基本上每周有一次到两次

[①] 吴晞. 斯文在兹. 深圳：海天出版社，2014：72-73.
[②] 吴晞. 斯文在兹. 深圳：海天出版社，2014：189.

的讲故事时间,大孩子的周期稍长,一个月一次;公共图书馆的许多活动都让孩子参与,有的图书馆的一面墙的设计都交给儿童去做,以提高他们对图书馆的认识和参与意识。[①] 世界图书馆的历史告诉我们,公共图书馆应当承担大众阅读的领导者和推行者的神圣使命,开展丰富多彩的阅读推广活动,如推荐书目、读书报告会、新书宣传、指导家庭和社区开展儿童和成人阅读等,这些活动对于建设书香社区、书香城市,推动社会的文明进步,具有深远的意义。正如阿根廷著名作家博尔赫斯曾说过的那样:"如果有天堂,应该是图书馆的样子。"

其次,阅读也是促进社会公平的基础。

书籍是促进社会公平最好的礼物。美国著名学者赫希指出,阅读能力几乎与民主教育目标的各个方面都相互关联,包括培养博学多才的公民,让其具备积极参与民主自治的能力。而不同群体之间的阅读差距变得如此巨大的主要原因,便是学校民主教育基本思想的落空。"阅读能力是民主教育事业的核心,被恰如其分地称为'新民权前沿'。"[②] 赫希认为,与经济繁荣和社会公平相比,解决阅读问题才是当下最为紧要的事情。他发起的核心知识运动,就是努力让所有学生能够和那些最伟大的经

[①] 邓咏秋,李天英,编. 爱上阅读. 武汉:武汉大学出版社,2007:174.

[②] 艾瑞克·唐纳德·赫希. 知识匮乏:缩小美国儿童令人震惊的教育差距. 杨妮,译. 福州:福建教育出版社,2017:3.

典对话，用阅读填平社会的沟壑。这是一种有益的启示，它告诉我们，阅读能够让弱势群体的教育状况得到改善，让人自身变得丰盈，逐渐成为优质教育群体，进而改变命运。斯蒂芬·克拉生在《阅读的力量》一书中用大量数据证明，学校和家庭阅读环境好坏、图书馆有无和多少、藏书多寡、父母和教师读书与否、学生阅读量大小等因素与学生成绩的好坏密切相关。① 对于学校而言，硬件设施是教育的基础，但决定教育水平的是软件水平，决定软件水平的关键是阅读水平。只有在宁静的阅读氛围中，孩子们才不会感到边缘化、差异化。因为阅读能带来精神的宁静和丰盈，消弭物质的匮乏和贫困。我也曾多次指出，阅读资源的公平是教育公平的重要基础，也是社会公平的重要基础。阅读是提升国民素质、缩小社会差距、推进社会公平最有效的手段之一。如果不同地区的孩子有同样好的阅读环境、阅读条件和阅读资源，他们的精神成长就可能站在同一起跑线上。对农村孩子来说，最重要的是怎么把好书送到他们手里，让他们能够读得到好书，如果这个问题解决了，中国教育的问题就好解决，社会公平的问题也就好解决多了。②

① 斯蒂芬·克拉生. 阅读的力量. 李玉梅，译. 乌鲁木齐:新疆青少年出版社，2012.
② 朱永新. 阅读资源公平是社会公平的重要基础. 新京报，2020-05-19.

（五）阅读是民族精神振兴与升华的基本途径

阅读对于一个民族的精神世界具有非常重要的价值。首先，每一个民族的母语阅读和传承，是一个民族赖以存在和发展的文化基石，是人类保持文化多样性，互相融合和发展的重要因素。母语阅读不仅要学习语言，更要在这个过程中养成价值观、思维方式和审美意趣。儿童阅读母语的过程正是他们了解和体验本民族文化，融入传统，形成本民族价值观、思维方式和审美意趣，打下传统文化根基的过程。

一个人能够长多高，走多远，取决于他的根基扎得是否足够深，取决于他能否将自己小小的生命之流汇入到自己的民族、国家和人类的洪流中，从而获得不竭的源泉和能量。① 而阅读就是通过个体接受教育实现民族文化传承的一条基本途径。

但阅读不只是个人的行为。一个民族、一个国家的阅读普及与提高，决定了其精神力量，而精神的力量对于一个民族、国家的软实力和核心竞争力的培育，起着关键的作用。国际阅读协会曾经在一份报告中指出，阅读能力的高低直接影响到一个国家和民族的未来。阅读对于我们不断强化文化认同、凝聚

---

① 徐冬梅. 亲近母语：儿童本位的小学语文课程研究和实验. 人民教育，2019（19）.

国家民心、振奋民族精神、提高公民素质、淳化社会风气、构建核心价值等都具有不可替代的作用。为了我们这个民族的精神力量的养成，为了我们未来的终极前途，我们应该上升到国家战略的高度来认识阅读。①

正因为阅读对于民族和国家的重要价值，世界各国都高度重视推进全民阅读。从"美国阅读挑战"运动到"阅读优先"方案，美国每位总统上任后都大力倡导阅读。美国政府更是以推动立法的形式，将美国儿童阅读能力培养法律化，同时成立国际阅读协会（IRA）及全美阅读研究小组等专业机构从事儿童阅读的研究。

英国是全球第一个专为学龄前儿童提供阅读指导服务的国家。英国公益组织发起的"阅读起跑线"计划、"一起写作"计划和"国际儿童图书周"很有影响。"阅读起跑线"计划逐渐发展成为一个世界性婴幼儿阅读推广活动，日本、韩国以及我国的台湾、香港、澳门等都先后加入该项目。

德国成立于1988年的"促进阅读基金会"，虽然属于民间组织，但是历任名誉主席都由德国总统担任。德国布里隆市图书馆馆长乌特·哈赫曼女士根据教育认知理论及阅读理解能力设

---

① 新教育研究院. 以阅读为翼 —— 新教育实验"营造书香校园"操作手册. 武汉：湖北教育出版社，2021：4-5.

计的"阅读测量尺",现已成为一项国际性标准,在很多国家得到普及。"阅读测量尺"分为赤、橙、黄、绿、青、蓝、紫以及粉红、桃红、橘红10段,分别对应0至10岁的孩子。每个阶段都会根据该阶段内孩子的心理状况和发展特性提供相应的阅读玩具、阅读书籍和育儿知识,给家长为孩子选购适合的图书提供了专业的指导。

在我国,阅读行动已经逐步成为国家战略。2000年,我国知识工程领导小组把每年的12月定为"全民读书月"。2006年,我国国家新闻出版总署与多部门联合发出《关于开展全民阅读活动的倡议书》。2011年,党的十七届六中全会首次在全会决议中写入"开展全民阅读活动"。2012年,党的十八大报告首次将"开展全民阅读活动"纳入我国社会主义文化强国建设。2014年以来,"倡导全民阅读"已经连续9年写入我国《政府工作报告》。我在梳理2014年至2022年《政府工作报告》对于"全民阅读"的提法时发现,从2014年之前提出"倡导全民阅读"到2017年提出"大力推进全民阅读",再到2022年提出"深入推进全民阅读",全民阅读的受重视程度逐步在加强。

2016年,《中华人民共和国国民经济和社会发展第十三个五年规划纲要》发布,《纲要》将全民阅读工程列为"十三五"时期文化重大工程之一,将全民阅读提升到国家战略高度。2016年底，我国首个国家级"全民阅读"规划《全民阅读"十三五"时期发展规划》发布。

2017年6月，国务院法制办办务会议审议并原则通过了《全民阅读促进条例（草案）》。2017年11月，第十二届全国人民代表大会常务委员会第三十次会议审议通过了《中华人民共和国公共图书馆法》。2020年，中央宣传部印发《关于促进全民阅读工作的意见》，全面部署深入推进全民阅读，提出到2025年，通过大力推动全民阅读工作，基本形成覆盖城乡的全民阅读推广服务体系，全民阅读理念更加深入人心，活动更加丰富多样，氛围更加浓厚，成效更加凸显，优质阅读内容供给能力显著增强，基础设施建设更加完善，工作体制机制更加健全，法治化建设取得重要进展，国民综合阅读率显著提升。如今，阅读行动渐已成为一种社会风尚。2021年4月，《第十八次全国国民阅读调查报告》显示，2020年我国成年国民包括书报刊和数字出版物在内的各种媒介的综合阅读率为81.3%，较2019年的81.1%提升了0.2个百分点。①

2022年4月23日，习近平在致首届全民阅读大会举办的贺信中写道："阅读是人类获取知识、启智增慧、培养道德的重要

---

① 高凯．中国第十八次全国国民阅读调查发布 三成以上成年国民有听书习惯．https://www.chinanews.com.cn/cul/2021/04-23/9462315.shtml，2021-04-23.

途径，可以让人得到思想启发，树立崇高理想，涵养浩然之气。中华民族自古提倡阅读，讲究格物致知、诚意正心，传承中华民族生生不息的精神，塑造中国人民自信自强的品格。希望广大党员、干部带头读书学习，修身养志，增长才干；希望孩子们养成阅读习惯，快乐阅读，健康成长；希望全社会都参与到阅读中来，形成爱读书、读好书、善读书的浓厚氛围。"从阅读对于个人成长与民族振兴的意义的高度进行了阐述。

毋庸置疑，一个民族文化的振兴与复兴总是与阅读的振兴与复兴存在着内在的联系。当然，振兴与复兴是有时运与机遇的。我们也许可以从"轴心时代"和"新轴心时代"的伟大历史循环与演进的高度来认识推进阅读对于民族文化变革"返本开新"的巨大意义。

"轴心时代"（the Axial Age）是由德国哲学家、历史学家雅斯贝尔斯在《论历史的起源与目标》（1949年）中提出的一个受到广泛关注和认同的概念。[①]"轴心时代"发生在公元前800年至公元前200年之间，且发生在北纬30度上下也即北纬25度至35度区间的地区，在这段时间和这些地区，人类精神实现了重大突破，几乎同时出现了伟大的精神导师，如古希腊的苏格拉底、

---

① 卡尔·雅斯贝尔斯. 论历史的起源与目标. 李雪涛，译. 上海：华东师范大学出版社，2018：8-13.

柏拉图、亚里士多德，古印度的释迦牟尼，中国先秦的孔、孟、老、庄等等，他们对人类关切的根本问题提出了独到的见解，产生了各种杰作，形成了风采各异的文化传统，构成了人类精神的全部历史基础，留给后世弥足珍贵乃至不可企及的精神财富。

同样毋庸置疑的是，以读书为基础的教育的空前繁荣也是轴心时代财产的一部分。雅斯贝尔斯说："在人类每一新的飞跃之中，他们都会回忆起轴心时代，并在那里重燃火焰。自此之后，情况一直如此：对轴心时代可能性的回忆和重新复苏 —— 复兴 —— 引发了精神的飞跃。回归到这一开端，是在中国和印度乃至西方不断发生的事件。"① 当然，雅斯贝尔斯认为诸如文艺复兴、启蒙时代等还算不上"第二轴心"，因为它们并不代表全人类和全世界的轴心。② 不过，他对于"新轴心时代"的到来还是充满期待的。我们认为，伴随着全球化历史进程的加速，"新轴心时代"到来的可能性在逐渐加大。汤一介先生生前就曾乐观地指出："可以说21世纪将形成一个文化上的新的轴心时代。"③他认为"新轴心时代"和历史上的轴心时代有鲜明的不同：首先，

① 卡尔·雅斯贝尔斯. 论历史的起源与目标. 李雪涛，译. 上海：华东师范大学出版社，2018：14.

② 卡尔·雅斯贝尔斯. 论历史的起源与目标. 李雪涛，译. 上海：华东师范大学出版社，2018：90.

③ 汤一介. 瞩望新轴心时代 —— 在新世纪的哲学思考. 北京：中央编译出版社，2014：29.

由于经济的全球化、科技一体化、信息网络的发展把世界连成一片，因而，世界文化发展的状况不是各自独立发展，而是在相互影响下形成多元共存的局面；其次，跨文化和跨学科的文化研究将会成为21世纪文化发展的动力；"新轴心时代"的文化不再由少数几个伟大思想家来主导，而是由众多的思想群体来导演未来文化的发展。可以预见，21世纪也许是精英文化和大众文化相结合的世纪。① 这或许是我们中华民族文化复兴的一次千载难逢不容错失的机会。我们应当在与各国文化的全面而广泛的交流中吸纳、融会世界先进的阅读文化精神与模式，经由创造性的转换或转换性的创造，必将使我们源远流长的文化传统焕发生机，重展新颜，并在世界文化的发展中做出自己应有的贡献。

（六）阅读是人类命运共同体建设的重要通道

众所周知，有一个关于巴别塔的著名传说。据传，巴别塔是当时人类联合起来兴建的希望能通往天堂的高塔。为了阻止人类的计划，上帝让人类说不同的语言，使人类相互之间不能沟通，计划因此失败，人类自此各散东西。这虽然是一个虚构

---

① 汤一介. 瞩望新轴心时代 —— 在新世纪的哲学思考. 北京：中央编译出版社，2014：29-32.

的神话，但是从一个侧面讲述了共同的语言、共同的阅读，对于人类命运共同体的意义。

当今之世，人类已经从一个个孤岛走向了"地球村"，并且共处于一个大家庭之中。现代交通、跨国公司、国际贸易，尤其是互联网，把世界紧紧地联系在一起。马克思、恩格斯当年在《共产党宣言》中就指出："由于开拓了世界市场，使一切国家的生产和消费都成为世界性的了 …… 过去那种地方的和民族的自给自足和闭关自守状态，被各民族的各方面的互相往来和各方面的互相依赖所代替了。物质的生产是如此，精神的生产也是如此。各民族的精神产品成了公共的财产。"① 各国相互依存、命运与共，越来越成为你中有我、我中有你的命运共同体。和平发展、合作共赢、天下为公、世界大同已经成为人类发展不可逆转的"大道之行"。这个时候，亟需人类共同的价值观，亟须建立人类命运共同体。

阅读在建设人类命运共同体的伟大进程中可以发挥怎样的独特作用？ 我们不妨以国际儿童读物联盟（IBBY）为例。该联盟于1953年成立于瑞士苏黎世，它是深刻反思二战的产物。第二次世界大战之后，百废待兴，各国有识之士意识到儿童读物

---

① 马克思，恩格斯. 共产党宣言，马克思恩格斯选集：第1卷. 北京：人民出版社，1972：254，255.

在促进国与国之间相互理解与和平共处方面的重要作用，纷纷将目光投向儿童阅读推广工作。1953年，杰拉·莱普曼发起成立了旨在"通过高品质书促进国际理解，维护世界和平"的公益组织 —— 国际儿童读物联盟（IBBY）。

2018年9月1日，第36届世界大会在希腊首都雅典结束，我国学者张明舟先生当选国际儿童读物联盟主席，他在访问俄罗斯期间接受莫斯科卫星通讯社采访时，对阅读促进世界和平和人类命运共同体建设的作用做了很好的解释。他说："今天，令人遗憾和不安的是，这个世界仍然没有太平，不断地有冲突、战争、恐怖主义，当然还有自然灾害等等。在所有这些灾难面前儿童永远是最容易受到伤害的。儿童从小时候如果不了解彼此的文化、彼此的历史，不了解彼此实际上都是一样的人，他们都有共同的情感、共同的人类的价值，如果从小不了解这些东西的话，他们长大以后就很难成为维护世界和平的力量。"他还指出，应该让全世界所有的儿童都有机会接触高品质的儿童图书，并且通过这些高品质儿童图书的阅读了解自身，自己的国家，自己的民族，同时也了解别的国家，别的民族，这样"才能产生一种'人类是一家人'和'人类命运共同体'的意识。从小有这个意识，长大之后，他们才能成为人类更加美好的未来

的建设者，而不是破坏者"。① 越来越多国家加盟 IBBY，意味
着不同国家儿童阅读文化学习、交流、共享机会的增加，当全世
界越来越多的儿童、教师、家长以及真诚关注儿童成长的成人，
都在共享那些彰显人类美好价值的儿童读物时，一定会产生更
广泛的文化认同，更深刻的国际理解，以及更强烈的和平渴望，
人类的未来一定充满希望！

　　1995年，联合国教科文组织把每年的4月23日（作家塞万
提斯和莎士比亚逝世纪念日）定为"世界读书日"（全称"世界图
书与版权日"），提出"让世界上每一个角落的每一个人都能读到
书"，让读书成为每个人日常生活不可或缺的一部分。此后每年
的4月23日，也就成为全世界读书人共同的节日。据资料表明，
自"世界读书日"宣布成立以来，已有超过100个国家和地区参
与此项活动。很多国家在这一天或者前后一周、一个月的时间
内都会开展丰富多彩的活动，图书馆、媒体、出版商、学校、商
店、社区等机构团体在这一段时间里都会做一些赠书、读书、演
戏等鼓励人们阅读的事情，把读书的宣传活动变成一场热热闹
闹的欢乐节庆。如今，阅读行动正在成为世界潮流。

　　作为2019"世界图书之都"，沙迦酋长国发起了"文化无国
界（Knowledge Without Borders）"的项目，其中一个活动就

---

① 英淼．张明舟：用童书维护世界和平的使者．民主，2019（11）．

是为每一个家庭分发50本图书，希望增强国民对阅读的喜爱，以及对于人类命运共同体的认同。目前已有4.2万个家庭从中受益。中华民族追求和传承着和平、和睦、和谐的坚定理念与伟大传统，完全可以通过推进全民阅读，为建设人类命运共同体做出自己的独特贡献。

二、新阅读的真谛：缔造"幸福完整的教育生活"

阅读是新教育实验的最大特色。新教育实验从某种意义上讲就是从阅读文化建设起步并与阅读文化建设共始终的教育实验。

2000年，作为新教育诞生标志的《我的教育理想》一书正式出版。书中用很大的篇幅阐述书香校园的理念，最早提出了新教育的阅读主张。同时，在常州武进湖塘桥中心小学，进行了新教育晨诵的行动探索。①

2002年9月，第一所正式命名挂牌的新教育实验学校——苏州昆山玉峰实验学校扬帆起航，"营造书香校园"就列为当时的新教育五大行动之首，后来发展为十大行动，阅读仍然是十大行动之首。

2003年两会期间，新教育实验的阅读工作受到媒体关注。

---

① 朱永新. 朱永新与新教育实验. 北京：北京师范大学出版社，2021.

《中国教育报》记者王珺就新教育实验首倡"书香校园"概念的三个关键问题对我进行了专访。当时我提出了书香校园的主要标志：图书馆应随时随地向孩子敞开、让爱书懂书的人荐书管书、书香校园是学校图书馆发展的终极目标，对理想中的中小学图书馆进行了描绘和展望。

2005年12月，"北国之春 —— 全国新教育实验与教师专业化成长研讨会"在吉林市第一实验小学召开，教师的"专业阅读""专业写作"与"专业发展共同体"（后来修改为"专业交往"）作为新教育实验的"三专模式"列为大会主题。"专业阅读"，成为新教育实验的重要关键词。

2007年7月，新教育实验以"共读共写共同生活"为主题在山西运城举行了第七届研讨会，正式提出"晨诵、午读、暮省"的新教育儿童生活方式、"毛虫与蝴蝶 —— 新教育儿童阶梯阅读"等项目。这也是教育界最早呼吁"共读"与"阶梯阅读（分级阅读）"的声音。

2010年9月，为了深化"营造书香校园"行动的研究，新阅读研究所在北京成立。这是新教育实验成立的第一个专业性的研究机构。新阅读研究所成立以后，致力于研制中国人基础阅读书目，先后推出"中国小学生基础阅读书目""中国幼儿基础阅读书目""中国初中生基础阅读书目""中国高中生基础阅读书目""中国大学生基础阅读书目"以及"中国教师基础阅读书目""中国父母基础阅读书目""中国企业家基础阅读书目""中国公务员基础阅读书目"等成果，成为有影响力的书目研制机构。新阅读研究所成立第二年即荣获全国阅读推广机构大奖。

2010年12月，集公益和专业于一身的江苏昌明教育基金会成立，这是新教育实验的专属基金会。主要致力于讲好新教育故事，鼓励教育同行交流合作，奖励优秀教育创新类项目，扶持薄弱地区教育资源，并把新教育的优秀成果转化为公益项目，其中包括阅读项目，如新教育童书馆等。

2011年11月，新阅读研究所成立新教育亲子共读研究中心，后更名为新父母研究所，从事家校共育、亲子共读等阅读与家庭教育问题的研究与推广工作。新教育萤火虫亲子共读项目先后在全国100多个城市建立了"萤火虫工作站"，为数万名教师、父母组织开展公益活动10000多场。

2012年，因为新教育实验在阅读推广方面的成效和我多年在全国两会平台上呼吁"全民阅读"，我被新闻出版总署聘为"全民阅读形象代言人"。

2016年9月28日，孔子诞辰日当天，新阅读研究所在北京举办了以"改变，从阅读开始"为主题的领读者大会。新阅读研究所在致力于书目研究的同时，为了凝聚更多的阅读研究和推广人员，发起举办了领读者大会。此后，每年9月的领读者大会也成为新教育的年度重要工作会议，并吸引来自国内的专家学者和国际儿童读物联盟（IBBY）的专家们参加会议。

2017年两会期间，我提交了关于加强中小学学科阅读的提案，指出中小学生的精神成长中，特别需要精神养分，需要搭配全面的、成体系的阅读产品，建议特别注意中小学生阅读领域的学科阅读问题，把优秀的图书根据学科、年级进行分类推荐，让孩子们从小就能通过更全面、更成体系的自主阅读，完成义务教育，推动学生的综合素质提高和基础知识学习，提升教育品质，培养出卓越人才，创造更好的未来，实现民族的伟大复兴。

2018年10月，由我担任总主编，广东大音音像出版社出版、新阅读研究所提供学术支持的《盲人中、小学生无障碍阅读工程》正式发布。这是一项国内首创的盲用数字化人机交互学习系统，它采用了国际上先进的DAISY软件技术，把普通作品制作成DAISY有声书，再把有声读物有机地转换成盲文，通过点显器显示出来，供盲人学生听读和触摸学习使用，实现无障碍学习的阅读功能。第一期完成的项目内容包括人民教育出版社现行中小学生各学科教材、教育部《语文课程标准》的必读书目、选读书目、分级特殊教育课程、教育资源百科、盲残教育的《自然界声音专用库》等。其中义务教育阶段教材63册，特殊教育职教教材13册，课外读物282册，自然界声音资源库条目3495条。整套产品音源规模为2048小时。

2019年，在西安举行的以"儿童阅读与世界未来"为主题的领读者大会上，我作为主要发起人之一的"中国阅读三十人论坛"正式成立，新阅读研究所作为秘书处单位，全面提供服务支持。

2020年5月4日，我与荷兰作家玛丽特·托恩奎斯特共同获得了首届"IBBY-iRead爱阅人物奖"。评委会主席阿哈默德·赖泽·卡鲁丁在颁奖辞中说："他致力于从多个方面推动儿童阅读，从儿童到家长再到教师、从乡村到城市再到国家政策，每个方面都取得了丰硕的成果。他一直是本国儿童阅读的推动者。"

2020年9月28日，由新教育研究院新阅读研究所主办的以"锻造学科阅读"为主题的"2020领读者大会"采用网上直播形式举行。会上发布了中国中小学师生学科阅读书目，首批学科书目包括中学数学、中学化学、中学历史、中学艺术、小学科学5大学科，1000余本书目。其中每一种学科书目分为学生基础阅读书目与教师基础阅读书目，各包括30本必读书目、70本推荐书目。目前，历时6年多，涉及中小学所有学科的师生阅读书目已经全部完成，这是一套为中小学生量身制定的、适合他们

年龄特征、符合他们身心发展需求并能引发他们阅读趣味的各
学科书目，也为学科教师提供了第一套完整的学科阅读书目。

2021年10月，新教育实验第21届年会在甘肃兰州举行，
会议聚焦书香校园建设，关注我们如何通过阅读"立德树人"，
如何推动教育公平和社会公平，如何落实"双减"目标，如何搭
建一架阅读的天梯，让我们登上精神的星空。我在会上做了《阅
读搭建精神的天梯》的主题讲演。

新教育实验"阅读行动"经过20多年的不懈努力，已然成为
新教育实验学校的最大特色之一，"晨诵、午读、暮省"也成为
新教育实验区广大学生的生活方式。"阅读行动"不仅在实践方
面取得十分显著的成效，而且在理论上也逐步形成了独树一帜
的主张。

我们明确提出：新教育实验的最高使命是为了缔造"幸福完
整的教育生活"，新阅读的根本之道也正在于此。

根据新教育20余年的探索，我们可以把新教育的阅读观归
结为以下几个基本理念或原理。

（一）幸福阅读论

众所周知，新教育理念的核心之核心，就是"幸福"。这是
一个基于人性本体论和目的论的教育命题。人生而追求幸福，

并以赢得幸福而获得自我实现。教育也理应以努力促进一个人能过一种幸福的生活为目标，阅读则是通往幸福生活的基本途径。所以，如果要用一个最基本的观念来概括新教育倡导的阅读观，那么，从根本上讲，可以一言以蔽之："幸福阅读"。

"幸福阅读"，不能片面或泛泛地理解为"快乐阅读""享受阅读"。幸福有着丰富的含义，所以"幸福阅读"也有丰富的内涵。究竟什么是幸福？康德曾提醒我们："幸福的概念是如此模糊，以致虽然人人都在想得到它，但是，却谁也不能对自己所决定追求或选择的东西，说得清楚明白，条理一贯。"① 总结历史上的幸福观念，我觉得有一些基本命题是值得重视的，与之相应，"幸福阅读"也大致涉及这样几个方面：

首先，幸福是人的基本权利。这是现代文明的普遍准则与信条。正是追求幸福的努力成为文明的原动力，促进了人类的进步。阅读作为追求幸福的基本途径，也同样是人的基本权利，而且是每个人通过阅读追求和获得幸福的基本权利。在传统社会，读书只是少数人的私权，只有进入近现代文明时代，教育回归世俗社会，读书才成为广大民众的权利。教育的普及、公共图书馆的兴起正是为了满足大众的通过读书追求幸福的利益。

其次，幸福的实现要具备一定的条件和手段。亚里士多德

---

① 周辅成. 西方伦理学名著选辑: 下卷. 北京: 商务印书馆, 1987 : 366.

曾指出，幸福是一种最高的目的，是一种除了自身别无他求的活动，"幸福是完善的和自足的，是所有活动的目的"。① 但是，实现幸福必须具备某些"外在性"的工具、手段或境遇，虽然它们不是最高意义上的幸福，却也是幸福不可或缺的。② 阅读也是如此，对于儿童而言，这一点尤其重要。新教育提出营造以图书馆为中心的健全阅读空间、提供高品质的图书配备、确保充足的阅读时间以及开展丰富多彩的阅读活动，实际上就是阅读的福利境遇和条件，它涉及经济保障、法律法规、政策制度、政府主导、社会参与、家庭照顾等制度层面的设计与安排。

再次，真正的幸福和道德追求是统一的。亚里士多德说："至善即是幸福；并认为'生活得好'或'行得好'即是有福。"③ 中国古代哲学家也十分强调"德福统一"，也即"德者福之基，福者德之致"。④ 我也多次强调，人们无法从单纯的富裕的物质生活中得到真正的幸福，内心的宁静与精神的享受才能获得真实的幸福体验。精神与道德是人身上最高贵的部分，幸福就是精神与道德上的完善。阅读也是如此。读书的幸福不是源自"书中自

① 亚里士多德. 尼各马可伦理学. 廖申白，译注. 北京：商务印书馆，2003：19.
② 达林·麦马翁. 幸福的历史. 施忠连，徐志跃，译. 上海：上海三联书店，2011：50-51.
③ 周辅成. 西方伦理学名著选辑：上卷. 北京：商务印书馆，1987：283.
④ 王夫之. 张子正蒙注. 北京：中华书局. 1975.

有黄金屋，书中自有颜如玉"之类的狭隘功利主义追求，而是在阅读中始终伴随信念坚持、人性思索、精神愉悦、灵魂叩问，以及对于自由、平等、正义、宽容、关爱、真理、智慧、美等德性的追求和德行的努力。孔子所谓"博学而笃志，切问而近思，仁在其中矣"①，指的就是这样的读书境界，我们可以称之为"幸福阅读的德性"或"幸福阅读的伦理"。

最后，幸福的追求是一个永不停歇的过程，伴随人的一生。亚里士多德曾指出：幸福是"贯穿在一个人完整一生中的"，仅仅"一天的或者一个短暂时间的"快乐不是完整的幸福。② 赵汀阳先生也说过："幸福是在生活中健全生活的感受，是全部生活行为追求的状态而不是结局，所以永恒性是幸福的一个特征。"③幸福并不是将实现功利性的结果作为唯一目的，更不是一时一事赢得的短暂快乐或感性刺激，而是始终保有一个不懈追求的状态和过程，是通过艰辛的意志努力和深沉的理性摸索一点一点积聚起来的高卓快乐。因此，追求幸福的过程情理交织，苦乐圆融，唯有永不放弃信念，充分体验与反思追求过程的得失成败，幸福才会垂青于我们。孔子称赞颜回"一箪食，一瓢饮，

---

① 栾锦秀. 咬文嚼字读《论语》. 北京：中国青年出版社，2011：238.

② 亚里士多德. 尼各马可伦理学. 邓安庆，译注. 北京：人民出版社，2010：57.

③ 赵汀阳. 论可能生活. 北京：生活·读书·新知三联书店，1994：22.

在陋巷，人不堪其忧，回也不改其乐"①，就是这样的幸福境界。阅读也是伴随一生的志业，单纯追求感性快乐的阅读不是真正的幸福阅读。只有在伴随一生的阅读中充分感受、体验、反思和超越物欲与灵魂、经验与先验、感性与理性、苦恼与快乐等方面的矛盾冲突，人性的成长与幸福才能最终得以实现。

（二）完整阅读论

新教育的崇高使命是"过一种幸福完整的教育生活"。尽管在人类思想史上对于幸福的思索充满歧义，但毋庸置疑，幸福本来就包含着完整的人性诉求。英国哲学家包尔生就说过："幸福是指我们存在的完善和生命的完美运动。"② 既然如此，为什么还要在"幸福"后面加一个"完整"？ 这是因为人们在实际的认识和行动中常常预设了对幸福的功利主义、经验主义或理智主义等片面的理解，需要特别加以纠偏和强调。马克思当年在谈及人生的职业选择时，就曾提出"幸福"和"完美"两大原则，并强调"不应认为，这两种利益是敌对的，互相冲突的，一种利益必须消灭另一种的"。③ 在马克思看来，当人类历史上一切剥

---

① 李泽厚. 论语今读. 北京：中华书局. 2015.
② 弗里德里希·包尔生. 伦理学体系. 何怀宏，廖申白，译. 北京：中国社会科学出版社，1988：191.
③ 马克思，恩格斯. 马克思恩格斯全集. 北京：人民出版社，1982：7.

夺和压抑人的现实感性快乐与幸福追求的异化生活被历史地超越，完整的人性将与幸福的丰富感受，也即"人的本质的客观地展开的丰富性"，将与彰显人性幸福感受也即"感受人的快乐和确证自己是属人的本质力量的感觉"，实现高度的融合。这时，"人以一种全面的方式，也就是说，作为一个完整的人，把自己的全面本质据为己有"。①基于此，我对新教育追求的"幸福完整"曾做出这样的解释："我们之所以在'幸福'后面加上'完整'两个字，是因为我们知道，如果仅仅强调幸福，很容易让大家过分重视情感的体验，甚至会误认为感官的享受很重要。尤其是在当下的教育中，我们的教育更多是单向度的，是畸形的，是片面的，是唯分数的教育，其中最大的问题是缺乏做人的教育，缺乏德行的教育。其实，教育的使命在于塑造美好的人性，进而建设美好的社会。人的生命本身应该是完整的，是自然生命、社会生命和精神生命的统一体。所以，拓展生命的长宽高，本身就是教育的完整性的体现。人的完整性的最高境界就是让人成为他（她）自己 —— 一个完整的自己，这也是教育的最高境界。"②2021年，我又在此基础上做了进一步的补充："幸福，是

---

① 马克思. 1844年经济学 — 哲学手稿. 刘丕坤，译. 北京: 人民出版社，1979 : 77.

② 朱永新. 新教育实验 —— 为中国教育探路. 北京: 中国人民大学出版社，2017 : 16.

目的方向；完整，是质量标准。幸福比成功更重要，成人比成才更重要，成长比分数更重要。教育的目的，不是成功，而是幸福；教育的质量，不是分数，而是成长。完整，从根本上是指人格的完整性，人自身的统一性，潜能得到最大的实现，生命得到最大的成长，成为更好的自己。完整的生命，指个体身、心、灵，德、智、体、美、劳的和谐发展；完整的教育，应是家、校、社、政的和谐发展；完整的教育质量，应该是学习性质量、发展性质量和生命性质量的整体提升。当今教育的问题在于奉行唯智主义，过于注重知识的掌握，缺乏做人的教育，缺乏德行的教育。新教育希望通过幸福完整的教育生活，能够实现人的'全面和谐的成长'，让每个受教育者能够获得成功的智力、整合的智慧、高尚的德性、丰富的情感，成为更好的自己。"[1]

根据这样的认识，我认为，新教育视野中的新阅读也理所当然是指向全面和谐人格的自我实现的"完整阅读""全面阅读"与"和谐阅读"！

首先，"完整阅读"是全域化的。

近年来，阅读越来越受到重视，但很多时候被局限于语文学科领域特别是文学阅读领域。传统的阅读路径与阅读模式，

---

[1] 朱永新. 新教育实验二十年：回顾、总结与展望. 华东师范大学学报（教育科学版），2021（11）.

让很多人容易将阅读概念的内涵与外延狭窄化。在校园里，虽然有学科学习与阅读，但是同样被细化、窄化了，学生的阅读是以一条条细弱的线与学科学习匹配。有些学科被关注得多一些，阅读状况好一些，"线"就粗一些；有的学科，学生的阅读除了教科书，几乎处于零起点。这样阅读零散且无目标，难以支撑学习的持续与深层发展。不少老师也将自己围于所学专业之中，满足于从教科书走向教科书，未能有趣有料地释放出学科的本质与品质、趣味与深刻。

因此，阅读必须走向全域化，实现阅读的学科全覆盖。全域化首先是将阅读覆盖到所有的学科领域，缺一不可，包括道德阅读、语文阅读、数学阅读、科学阅读、史地阅读、哲学阅读、体育阅读、艺术阅读等。在此基础上，还应当将课堂的学科阅读延展到课外，从"读教材"延伸到与教材有关的"课外学科阅读"，进一步从学校延伸到家庭、社区、城市，尤其是乡村地区，让所有儿童都平等接受优质的全学科阅读的精神滋养。目前急迫要解决的是学校（包括乡村学校）主导的学科阅读全覆盖，因为不同的学科阅读是具有不同的教育功能和价值的，单一的语文或文学阅读无法替代阅读的全部。2020年9月28日，新阅读研究所组织研制的学科阅读书目已经全面发布，这是新教育对于书香校园建设的又一重要贡献。

正如英国思想家弗朗西斯·培根所引述的那样："读史使人明智，读诗使人灵秀，演算使人精密，科学使人深刻，伦理学使人有修养，逻辑修辞使人善辩。总之，'知识能塑造人的性格'。"① 阅读的文体不同，语言表达样式各异，因而对阅读者人格产生的功能也不同，各个功能的互补与整合，可以促进人的精神的健全，这就是全域阅读的意义所在。我国古代的文体学非常发达，就文学本身而言，也远不只我们平常所说的"先秦散文""汉赋""六朝骈文""唐诗""宋词""元曲""明清小说"那样简单。自魏晋以来，文体的研究就成为古代文献尤其是文学批评研究的重要组成部分。刘勰的《文心雕龙》就把文体分为三十四种，包括骚、诗、乐府、赋、颂、赞、祝、盟、铭、箴、诔、碑、哀、吊、杂文、谐、隐、史传、诸子、论、说、诏、策、檄、移、封禅、章、表、奏、启、议、对、书、笺记，其中杂文分十九种，诏策分七种，笺记分二十五种，总计八十一种，把古代的经史子集各部基本上都囊括其中了。《文心雕龙》从某种意义上讲就是一部文体学和文章批评的代表作。② 它对不同文体的批评不仅考镜源流，而且正名释义，论其功用，所以对我们阅读古代不同文体的文章与书籍具有极大的指导意义。

① 培根. 培根论人生. 何新，译. 上海：上海人民出版社，1983：13-14.
② 吴承学. 中国古代文体形态研究. 北京：北京大学出版社，2013：1.

当然，随着社会和语言的发展，文体也在不断发展变化，从今天的眼光来看，传统的文体论已经不足以涵盖日益复杂多样化的文体了。这更需要我们高度关注不同文体的阅读策略。美国学者莫提默·J. 艾德勒、查尔斯·范多伦在《如何阅读一本书》①第三篇以"阅读不同读物的方法"为题，就如何阅读实用型书籍、文学作品（包括想象文学、故事、戏剧、诗等）、历史书籍、科学与数学书籍、哲学书籍以及社会科学书籍，进行了详尽而精辟的阐述，可以看作是一本学科阅读的"指南"，很有借鉴价值。即使是同一学科的阅读，也可以根据学生的发展需要，进一步加以细分。比如语文，文学阅读与实用文体的阅读就大不相同，过去我们关注得比较多的是文学阅读，譬如形象感受、情感体验、想象拓展、辞采咀嚼、悟性生成、审美趣味等等，也积累了丰富的阅读经验与理念，但只关注文学阅读是不够的，实用文体的阅读同样很重要。这个领域过去没有得到应有的重视，从日常生活的优先性、实践性、功用性的角度看，实用阅读更加不可或缺。

艾德勒、范多伦在《如何阅读一本书》中论及各类文体的阅读时首先就专门论述了实用型书籍的阅读。他们指出，有两种

---

① 莫提默·J. 艾德勒，查尔斯·范多伦. 如何阅读一本书. 郝明义，朱衣，译. 北京: 商务印书馆，2004: 167-263.

实用型的书籍：一是说明规则的（如烹饪、驾驶指南等），二是阐述形成规则的原理的（政治、经济、道德等书籍）。这些实用书籍都与实际行动有关，阅读实用书籍，一定要弄清两个问题：第一，作者的目的是什么。第二，他建议用什么方法达到这个目的。如果你被实用书说服了，并赞同它的观点和规则，就会采取行动，或者成为你行动的指南。① 这和纯理论读物（如历史、科学、数学、哲学等）的阅读不同，更与文学阅读大相径庭。所以，学科阅读的一个重要原则是要在充分厘清不同学科特点、目标、价值的前提下，正确梳理和揭示它们各不相同的阅读策略。只有广泛涉猎所有学科，这样的阅读才是完整的、全面的，才能像我在2020年9月28日举行的以"锻造学科阅读"为主题的"领读者大会"上所说的那样："以学科阅读提升全民阅读，我们最终不仅是为了获取知识，也是为了文化的传承与发展，同时也是为了帮助我们完善独立的自我。"② 由李庆明、祝禧等专家组成的新教育实验团队正在积极开展研究，并取得重要的阶段性成果，我们期待他们在这个领域的突破。

其次，"完整阅读"是统整化的。

---

① 莫提默·J.艾德勒，查尔斯·范多伦. 如何阅读一本书. 郝明义，朱衣，译. 北京：商务印书馆，2004：167－176.

② 梁杰. 朱永新：以学科阅读提升全民阅读. http://www.jyb.cn/rmtzcg/xwy/wzxw/202009/t20200929_362901.html，2020－09－29.

具有学科边界和特点的学科阅读具有重要意义，将是我们以后一段时期重点努力的目标。但是，学科可以分设，知识可以分类，学习可以分期，但人的精神成长的需求却不能分割。正是基于精神不可分割的认识，我认为，中小学生的完整阅读还必须超越学科，实现文化与精神相互融合和共同滋养。如何实现"相互融合和共同滋养"？当然不是将所有学科的阅读简单加以拼凑与混合，统整化的阅读是围绕特定学习项目的主题，优化和整合各个学科的阅读资源，在项目主题引领下，开展包括"课文拓展阅读""单元群文阅读""主题系列阅读"等阅读活动，最大限度实现阅读的整体教育效应。这就是我们倡导"项目式阅读"的由来。

这一点，其实是与现代基础教育课程的综合、统整走向高度呼应的。课程的综合、统整朝着三个方向推进，与之相应，项目式阅读也有三种类型：

（1）学科知识统整型的项目阅读。知识本位的综合课程包括相关课程、融合课程和广域课程。相关课程（correlated curriculum）是将两个或两个以上的科目建立共同的关系，但各科目仍保持独立；融合课程（fused curriculum）是将相关科目合并成为一个新的学科，原先的科目不再独立存在，如艺术课程；广域课程（broad-fields curriculum）则是对学校相对拥挤的学科课程进行更大范围的统合，如综合文科、综合理科等。三种知识综合课程都注重相关知识的整合，但整合的范围、程度有所不同，是可以并存的。我们可以根据知识融合的需要，围绕一定的知识主题，尤其是当代自然科学与技术、人文社会科学与哲学的发展主题，研发项目阅读课程，借助项目的主题阅读，帮助学生认识到学科知识之间的联系，拓展知识的视野，实现学科知识之间的彼此融合，触摸到学科之间共同的文化精神，新教育倡导的大人文、大科学、大艺术课程就是如此。

（2）儿童经验统整型的项目阅读。在重视知识本位的项目阅读的同时，我们也不能忽视项目阅读对于促进中小学生自身的经验融合的巨大作用。19世纪末20世纪初，全世界范围内掀起了批判学科本位课程、建立儿童经验主义课程的思潮。根据儿童经验和生活统整起来的课程有"统整的"（Integrated）、"经验的"（Experience）、"活动的"（Activity）、"单元的"（Unit）、"设计的"（Project）课程等。项目阅读课程完全可以打破学科的壁垒，围绕少年儿童的兴趣爱好和生活经验的组织与建构，按照他们一生的成长谱系与主题（如出生、健康、游戏、学习、成熟、性爱、婚姻、职业、死亡等）来发掘和整合丰富多彩的阅读资源，并开展相应的主题阅读活动，这对于学生的精神成长无疑具有比知识融合型的项目阅读更大的促进作用。

（3）社会生活统整型的项目阅读。在20世纪30年代到50年代，又产生了不同于儿童本位而以社会为本位的综合课程，即核心课程（core curriculum）。核心课程是以人类基本生活实践主题而编制的课程。核心课程既不主张以学科为中心，也不主张以儿童为中心，而是围绕人类社会的基本生活的需要和领域来确定和融合课程学习的内容，其目的是既避免学科本位课程脱离现实生活的缺点，又避免儿童本位课程单凭儿童兴趣和动机来组织课程的不足，旨在促进科学（Science）、技术（Technology）、社会（Society）融合的 STS 课程，促进科学（Science）、技术（Technology）、工程（Engineering）、数学（Mathematics）融合的 STEM 课程，后来在其中加入艺术（Arts），而扩展成为 STEAM 课程，乃至再加入阅读或写作（Reading、Writing），变成内涵更广的 STREAM 课程，也许以后还会诞生更多、更新的社会统整课程。所有这些课程综合化的努力，无非是为了学生通过这样的综合学习，更能适应瞬息万变的未来社会发展对于新型复合型人才的需求。但与之相应的项目阅读课程目前在很大程度上还是空白，新教育实验目前正在研制的项目学习阅读书目，就是努力在这方面进行的探索。我们相信，这个书目不仅仅能够为学生的项目学习，也能为成就学生的美好未来和社会的美好未来奠定基础。

　　再次，"完整阅读"是个性化的。

　　马克思在《资本论》一书中曾把未来社会看作是"每个人的全面而自由的发展为基本原则的社会形式"。① 这包含了两个内在关联的意义：一方面，人是全面发展的；另一方面，人是自由发展的，他的全面性、完整性与"每个人"自由而丰富的个性，与他的自我确证与自我实现是高度统一的。我们的教育目的正是要促进和实现"每个人的全面而自由的发展"。基于此，新教育认为，缔造完整的人，从根本上讲，指向每个人的人格或个性的完整性，指向每个人的潜能最大限度的实现，每个人的生命得到最大程度的成长，最终成为更好的自己。

　　阅读也是如此，其目的是在传承与发展文化的同时，成就完整而独立的自我。英国作家钱伯斯说过，阅读不是阅兵。② 阅读不可能要求孩子们迈着整齐划一的步伐齐步走。如果教师或者父母把自己当成了检查阅兵效果的指挥官，只是查看有没有按照制定的步伐、速度、节律、仪态正步前行，只关心是否完成了任务，这样的阅读就是低效的。钱伯斯认为，提升阅读成效的关键，还是要尽可能为孩子们创造一个良好的阅读环境，为

---

① 马克思，恩格斯. 马克思恩格斯全集第23卷. 北京：人民出版社，1982：649.

② 艾登·钱伯斯. 打造儿童阅读环境. 许慧贞，译. 北京：北京联合出版公司，2016：73.

他们提供充分的、可供选择的优秀书籍，让他们能够随时找到自己想读的书籍。教师和父母当然要有阅读的指导，也应该有推荐的书目（阅读清单），但是这些书目只是一张阅读地图，孩子们要去的是"明亮那方"，当然可以按照自己的路线行走。要相信孩子的判断力，真正的好书，总会打动他们的。孩子们与好书相遇的契机，具有一定的不确定性，孩子们之间、师生之间的阅读分享，就是相对好的契机。教师和父母要巧妙地让孩子对好书产生饥饿感，而不是把好书强加给他们。要鼓励孩子个性化的阅读，孩子的知识和个性最终都是自我建构的。所以，完整的阅读不仅不应当排斥，反而应当在推进完整阅读的同时，倡导个性化、多样化阅读。这包括几个方面的含义：

（1）尊重每个人的阅读权，包括他们的阅读选择权——尤其是儿童。每个儿童在禀赋、气质、潜能、心向、趣味、风格等方面存在的诸多差异性，必然影响他们的阅读取向和选择，比如有的学生喜欢阅读文学，有的喜欢阅读数理，有的喜欢阅读艺术，有的喜欢阅读科技，有的喜欢阅读历史，有的喜欢阅读军事，如此等等，这些差异应当在阅读指导中得到最大限度的尊重与鼓励。

（2）包容个人选择最适合自己的阅读策略。阅读观念、内容与阅读策略之间并不存在简单的对等性、同一性，而完全可以体现多样的统一性和统一的多样性。阅读策略千变万化，如中国古代读书法中的"朱子读书法"，也许带有较大的普遍适用性，但"提要钩玄法""八面受敌法""板桥读书法""精读一书法""连号读书法""约取实得法""圈抹读书法""出入读书法"等等，则未必适用于任何阅读者，而是因人而异，带有很强的个性色彩，人们可以根据自己的喜好择优而从。有的读书法甚至看上去颇为怪异，例如，南北朝时期北魏的常胜将军杨大眼虽然识字不多，却爱读书，他用的是"耳读法"，据《魏书·杨大眼传》记载："大眼虽不学，恒遣人读书，坐而听之，悉皆记识。令作露布，皆口授之，而竟不多识字也。"杨大眼常常坐在那里听别人读书，不仅记住许多知识，还学会了口授布告文字。已故学者邓拓就很推崇杨大眼的耳读法，这与当今流行的"听书"非常契合。又如，明代学者张溥创造的"七焚读书法"也很有意思，他把读书分为三步：第一步，每读一篇新文章，就工工整整抄在纸上，一边抄一边在心里默读；第二步，抄完后高声朗读一遍；第三步，朗读后将抄写的文章投进火炉烧掉。烧完之后，再重新抄写，再朗读，再烧掉。这样反复进行七八次，一篇文章要读十几遍，直到烂熟于胸为止。张溥也以此成名，给自己的书斋取名为"七焚斋"。

（3）鼓励个人的"创意阅读"。阅读是要讲究客观性的，从文本的遣词造句到谋篇布局，从文本的表面含义到它的深层结构与思想神韵，都要一一索解，熟读精思，做足"文本还原"的功夫，而不能随意解读，穿凿附会，甚至颠倒歪曲，这就是陆九渊说的"我注六经"。但另一方面，读书是为了汲取文本的精华，启迪自我的心智，乃至发明自己的见解，而不是死读书、读死书，这又需要陆九渊所说的"六经注我"。郑板桥的读书法就强调读书必须"有主张""有特识"，要"自出眼孔，自竖脊骨"，"自树旗帜"，不可"为古人所束缚"，他认为只有这样，才会达到"心空明而理圆湛"的境界。所以，在阅读指导中，既要要求学生把握文本的客观机理，又要鼓励他们发表个人的独特见解，这样才能促进他们赢得真正的精神进步与飞跃。

（三）对话阅读论

很早以前，我在谈到新教育的伦理学基础"崇高论"时，曾从教育使命的角度提出新教育就是"与人类的崇高精神对话"，通过这样的对话，塑造美好的人性，培养美好的人格，使学生拥有美好的人生。

那么，通过什么途径与人类精神对话？我认为主要就是阅读。"人类之所以伟大，现在看来，不是因为他能够征服世界，主宰世界；而是因为他拥有文化，拥有精神。如果说我们的教育对人的问题已经开始注意，那么我们对于人类的命运，对于人类文化的发展延续，对于人类文明的进程，我认为还没有引起足够的关注。文明不应该在我们这一代人身上，或者说，不应该在我们这一代教育者手里失落。'一个真正的人应当在灵魂深处有一份精神宝藏，这就是他通宵达旦地读过一两百本书。'（苏霍姆林斯基）我们要让我们的孩子、我们的老师在阅读中亲近大师，拥有思想，直抵精神；我们要让我们的孩子、我们的老师带着强烈的社会责任感、使命感、正义感融入社会，而不是逃避现实，逃避责任。"①

其实，阅读本身就是一种对话，是我们与历史上的伟大人物之间的对话。② 这种对话不仅仅是人文教育的一种重要方法，本身也是新阅读的一条基本价值和基本原理，应该上升到语言哲学的高度来加以审视和诠释。

20世纪的哲学界，不论是科学主义还是人文主义都发生过一场令人瞩目的"哥白尼式的革命"，那就是"语言转向"（the linguistic turn，或译"语言学转向"）。尤其是人文主义哲学的"语言转向"，与"对话"问题有着很大的关系。例如存在主义现

---

① 朱永新. 新教育. 北京：文化艺术出版社，2010：39.
② 朱永新. 新教育实验二十年：回顾、总结与展望. 华东师范大学学报（教育科学版），2021（11）.

象学哲学家海德格尔就曾经说过:"人之存在建基于语言,而语言根本上唯发生于对话中。"① 解释学哲学的代表伽达默尔(一译加达默尔)在《真理与方法》一书中也从本体论的高度指出语言不是单纯的工具,而是人赖以生存的要素,因此,"能够被理解的存在就是语言。"② 解释学的核心概念是"理解",而"理解"在伽达默尔那里就是理解者与文本之间的"对话"。所有这些都向人们昭示:语言的生命就在对话之中,而人的生命意义则在对话中得以显现。

"对话"从字面的意义讲,看上去只是指两个或更多的人用语言进行交谈或交流,但语言的最高本质却是与人的最高本质休戚相关的。因为语言是人们从事社会交往、思想交流的基本中介,离开语言交往也即对话,人的社会交往、交互关系就失去了彼此沟通的最基本也最重要的桥梁,进而人的社会存在与本质也无法得到确证,人就成为孤独无依乃至空洞抽象的存在。可见,对话不仅揭示了语言的社会本质,也揭示了人的社会存在的本质。马克思早就指出:对话"借以进行活动的语言本身,—— 是作为社会的产物给予我的,而且我自身的存在也是社会的活动;因此,我用我自身所做出的东西,是我用自身为社

---

① 海德格尔. 海德格尔选集:上卷. 孙周兴,选编. 北京:生活·读书·新知三联书店,1997:315.

② 洪汉鼎. 理解的真理. 济南:山东人民出版社,2001:276.

会做出的，并且意识到我自身是社会的存在物"。① 苏联著名符
号学家、结构主义符号学的代表人物米哈伊尔·巴赫金就是在研
究马克思主义语言哲学思想的基础上批判借鉴了诸多语言哲学
流派的成果，提出了影响深远的"对话理论"。② 他指出："人的
存在本身（外部的和内部的存在）就是最深刻的交际。存在就意
味着交际。"③ "存在就意味着进行对话的交际。"④

新教育对话阅读论的哲学本质，我认为可以汲取巴赫金对
话理论的精粹，并融会人类学、主体性哲学、解释学、符号学等
研究的成果，尤其是结合新教育二十年来新阅读的探索，做出
如下基本的界定：对话阅读，就是人（阅读者）与文本作者或文
本中的人物，以及阅读者与阅读者之间的历史性相遇，彼此建
立、发展起相互依存、相互召唤、相互应答、相互映照、相互吸
纳、相互理解、相互充实、相互建构、相互融合的主体间关系，
通过这种主体间的对话关系或交互关系，揭示、证明、丰富人的
存在意义与生命价值。

---

① 马克思. 1844年经济学—哲学手稿. 刘丕坤，译. 北京：人民出版社，
　　1979：75-76.
② 巴赫金. 巴赫金全集. 石家庄：河北教育出版社，1998.
③ 巴赫金. 巴赫金全集. 石家庄：河北教育出版社，1998：377-378.
④ 巴赫金. 陀思妥耶夫斯基诗学问题. 白春仁，顾亚铃，译. 北京：生活·读
　　书·新知三联书店，1988：343.

　　具体说来，对话阅读具有这样几个主要特点：

　　首先，对话是崇高的。

　　巴赫金说，对话是"建立在共同的最高思想（价值、目的）基础上的自由协调，最高思想基础上的'雅致'与'和谐'"。① 他还指出，对话的目的就在于"解放人和使人摆脱物化"。② 新教育的阅读观同样认为，阅读是与人类的崇高精神、与历史上的伟大人物对话，这就决定了适合儿童本性的经典阅读、高雅阅读的价值指向。我曾说，通过这种崇高的对话，"不仅可以训练说话技能，而且有助于提升人的文明和价值规范。西方许多教育学者把对话看成是'人克服孤独存在和原子化状态的必要条件'。人若独自无援地生活在社会人群中，不能与他人进行关于人生意义和价值的交流，则是一种极其可悲的异化，而对话恰恰颠覆了这种异化，通过与前人或眼前人的交流丰富了精神境界，扩展了生命的意义和价值。"③

　　其次，对话是交互的。

　　巴赫金认为，对话是一种"我"与"他人"之间的交互性存

---

① 巴赫金. 巴赫金全集. 石家庄：河北教育出版社，1998：390.

② 巴赫金. 陀思妥耶夫斯基诗学问题. 白春仁，顾亚铃，译. 北京：生活·读书·新知三联书店，1988：102.

③ 朱永新. 新教育实验二十年：回顾、总结与展望. 华东师范大学学报（教育科学版），2021（11）.

在，"人实际上存在于我与他人两种形式之中"，"建构任何有关自身的话语都必须依赖他人视角"。① 对话中的交互性，在我们看来，有这样几层含义：

（1）平等性。巴赫金指出，每个人都是"对话中平等的参与者"。② 对话的交互性意味着对话双方，不管是人与人之间，还是人与文本之间都是平等的关系。如果对话只是一方居高临下、唯我独尊的"独白"，那么就没有真正意义上的对话。真正的对话，是双方都是"主体"的"主体间"对话。这种对话是对话者向对方"敞开"心扉的，具有倾听他人、改变自我的开放心态。就像伽达默尔所说的那样："谁想听取什么，谁就是彻底开放的。"③ 但与此同时，对话双方并不因此就放弃自身的差异性与独立性，而是以保持自我独一无二的自信心态介入对话。巴赫金认为，只有这种"和而不同"式的既保持平等又保持差异的对话，才是互惠的，也即有利于双方都产生新的视域。新教育倡导的新阅读也是希望在阅读者或理解者与文本之间，或者师生之间建立一种主体间平等、开放的对话关系，双方既不是

---

① 巴赫金. 巴赫金全集. 石家庄：河北教育出版社，1998：387，380.

② 巴赫金. 陀思妥耶夫斯基诗学问题. 白春仁，顾亚铃，译. 北京：生活·读书·新知三联书店，1988：138.

③ 加达默尔. 真理与方法：上卷. 洪汉鼎，译. 上海：上海译文出版社，1992：464.

单向施压，也不是被动接受，这样的阅读才会使文本彰显、生成新的意义，同时也使阅读者不断实现精神的自我建构与自我更新。

（2）情境性。当代人文哲学十分强调对话的"当下性""在场性"，强调对话双方置身于其中的生活世界的生机勃勃的状态，以及对话双方亲密无间的交互关系。其实，用"情境性"来揭示对话的交互性也许更为合适。阅读的对话更是如此，营造、优化阅读情境，可使阅读者产生"如进其境""如闻其声""如见其人""如入其心"等一系列生动而深刻的感受与体验。而且，除非对话双方有协商约定，真正的情境性阅读对话常常是"非预设"的，看上去似乎是"无目的""无计划""无组织"的（其实它们可能被巧妙地隐藏在对话情境中了），但越是这样的"非预设"性对话，就越是能够产生神奇的"暗示"作用，诉诸人的无意识和潜意识，因而也具有更强大的促进理解的效应，收获"不可预约的精彩"。所以，伽达默尔说："实际上越是一场真正的谈话它就越不是按谈话者的任何一方的意愿而进行。……谈话的参加者与其说是谈话的引导者，不如说是谈话的被引导者。"①

（3）互动性。巴赫金认为，对话是理解的动因与本质。"任

---

① 加达默尔. 真理与方法: 下卷. 洪汉鼎，译. 上海: 上海译文出版社，1992 : 489.

何深刻和实际的理解，都内在地要求一种对话的态度。"① 从理解的角度讲，这种对话是"人"（阅读者）—"书"（文本、文本作者以及文本中的人物）—"人"（统一群体中的其他阅读者）多元主体之间的互动，是不同主体的视野之间互相询问、应答、争辩、吸收的过程。现代解释学认为，在对文本的理解过程中，理解者由于不可避免受到历史环境或经验背景的影响而形成某种"先入之见"，也即"成见"（prejudice）。但这是一种"合理的成见"（legitimate prejudices），因为它作为一种"前理解"或"前识"（preundersdanding），乃是理解文本的客观前提，试图超越"成见"的文本阅读与理解，根本就不存在。因此，应当承认个人阅读的"合理的成见"，以"已知"理解"未知"，并且以"成见"为文本阅读与理解的逻辑起点，促进"新知"的诞生。"成见"只有在阅读指导中得到充分的利用，阅读者才能了解自己的现实视野，包括它的缺陷和前景，并在与文本包含的历史视野的积极互动中实现所谓的"视野融合"（Fusion of Horizon），消除不合理的成见，产生新的理解和见解。所以，巴赫金指出："理解是能动的，带有创造的性质 …… 理解者参与共同的创造。"② 但新的对话互动中的"成见"与"视野融合"又

---

① 巴赫金. 巴赫金全集. 石家庄：河北教育出版社，1998：139.
② 巴赫金. 巴赫金全集. 石家庄：河北教育出版社，1998：405.

会产生，如此循环往复，以至无穷，阅读者的理解也随之不断进步、升华。互动的重要性是不言而喻的。事实也表明，在阅读活动中，仅仅单向度地给孩子朗读、讲述、解释书本的文字、故事，与边读书边与孩子且引导孩子之间开展积极的对话交流，有着完全不同的意义与效果，后者更有助于发展孩子的阅读能力和表达能力。新教育之所以一直倡导共读，包括亲子共读、师生共读、班级共读等等，意义正在于此。

再次，对话是永恒的。

对话是恒久的，没有终点，理解与创新也是如此，始终是"未完成的"。巴赫金说过："真理只能在平等的人的生存交往过程中，在他们之间的对话中，才能被揭示一些出来（甚至这也仅仅是局部的）。这种对话是不可完成的，只要生存着有思想的和探索的人们，它就会持续下去。"① 阅读中的对话由于是平等开放的，又由于是对话双方（理解者与文本）两个视野的接触、碰撞和融合，更由于对话双方都是历史性的，所以，无论是文本对于阅读者，还是阅读者对于文本，都必然始终处于"未完成"的状态。"好书不厌百回读"，任何经典也总是在被不断地阅读中获得新的理解、充实和创造。所以，阅读无止境，对于真理的

---

① 巴赫金. 巴赫金全集. 石家庄：河北教育出版社，1998：372.

理解无止境，人性的成长也会不断丰富，永无终点。

（四）境界阅读论

个体的阅读水平是伴随年龄的不断增长、人格的不断成熟、阅读数量与质量的不断提高，循序演进的，它贯穿人的一生。从技术进步的层面而言，可以把阅读的拾级而上称作"阶梯阅读"；从人格发展的层面而言，则可将阅读的渐入佳境称为"境界阅读"。当然，二者又是相互关联、并行不悖的，阅读境界的提升必然包含阅读技术的进步，而阅读技术的进步也有利于阅读境界的提升。

关于阅读的进阶与境界，中外学者有各种不同侧面和维度的描述与阐释。例如，清朝的张潮在《幽梦影》里就有"少年读书如隙中窥月，中年读书如庭中望月，老年读书如台上玩月"的说法，揭示了随着年龄的增长和阅历的扩展，人的阅读境界也步步提升。又例如，杜甫曾有一句流传千古的诗："读书破万卷，下笔如有神。"著名学者杨义对诗句中的"破"字做出了独特的解读："读书之学，通窍最为要紧。那么，这'破'字的秘密何在呢？'破'字有三重意义：一是破烂之破，把书都读烂了，喻读书之勤；二是破解之破，读书读到'打破砂锅璺（问）到底'，喻读书之多思和深思；三是突破之破，读书读到如古代画家画龙点睛，破壁飞去，喻读书之有原创精神。"① 在这里，勤、思、创，不仅道出了读书的基本方法，而且揭示了读书的不同层次与境界。

不过，关于读书境界最为脍炙人口的言论，当数清代著名学者王国维提出的"三境界"说。他在《人间词话》一书里说："古今之成大事业、大学问者，必经过三种之境界：'昨夜西风凋碧树，独上高楼，望尽天涯路。'此第一境也。'衣带渐宽终不悔，为伊消得人憔悴。'此第二境也。'众里寻他千百度，蓦然回首，那人却在灯火阑珊处。'此第三境也。"对于这三种境界，人们有不同的解释。比如，有一种解释认为，第一境的"昨夜西风凋碧树，独上高楼，望尽天涯路"，既揭示了初读书时遭遇的茫然与困顿，令人觉得是一条望不到头的路，又喻示读书问学首先要登高望远，瞰察路径，明确方向；第二境的"衣带渐宽终不悔，为伊消得人憔悴"，是指经过第一境界后，问学者读书兴致渐浓，沉潜书海，比喻成就大事业、大学问，并非一蹴而就，必须坚定不移，发奋蹈厉，废寝忘食，孜孜以求，焚膏继晷，兀兀穷年，即令衣带渐宽人憔悴，终不悔也；第三境的"众里寻他千百度，蓦然回首，那人却在灯火阑珊处"，则是经过前两个境界后，直抵心源，豁然开朗，顿悟道法，终成正果，这自然是读书问

---

① 杨义. 读书的启示. 北京：生活·读书·新知三联书店，2007：2.

学的最高境界了。也有一种解释则认为，读书问学的三重境界
揭示了古人读书十分注重的"厚积薄发"的深刻意蕴。第一阶段
的"独上高楼，望尽天涯路"，重点在"看"，也即博览；第二阶
段的"衣带渐宽终不悔，为伊消得人憔悴"，重点在"思"，博览
群书，应当在苦思冥想中学会比较，审辨，渐有所得；第三阶段
的"众里寻他千百度，蓦然回首，那人却在灯火阑珊处"，重点
在"悟"，也是《老子》中说的"地法天，天法道，道法自然"，《论
语》里说的"从心所欲不逾矩"，《大学》中说的"在明明德，在
亲民，在止于至善"，体悟并顺应天地自然规律、人世道德法则，
最终就能进入返璞归真的最高境界！这两种解释都有道理，都
揭示了阅读问学渐入佳境的阶梯。

前面多次提到的美国学者莫提默·J. 艾德勒、查尔斯·范多
伦在《如何阅读一本书》一书中，则更多从阅读技术进步和能
力提升的角度提出阅读的四大层次，也可以说是一种境界阅读
论，它比较符合阅读的"年龄解剖学"和阅读经验积累的脉络与
规律，很值得我们借鉴，这里做一个简单的介绍。① 四大层次分
别为：

第一层次是"基础阅读"（elementary reading）。又分四

---

① 莫提默·J. 艾德勒，查尔斯·范多伦. 如何阅读一本书. 郝明义，朱衣，
  译. 北京：商务印书馆，2004：18-21.

个阶段,第一阶段是阅读准备阶段(相当于幼儿学习阶段),如身体和智力方面的准备;第二阶段是认字阶段(相当于小学一年级),获得最初的读写能力;第三阶段(小学四年级结束前)获得"功能性读写能力"(functional literacy),词汇增长,能运用学到的课文;第四阶段(大致小学毕业),成为基本"熟练"的阅读者,他学到阅读的基本艺术,获得初步的阅读技巧,但还不是真正意义上的成熟阅读者,更高层次的阅读是从高中乃至大学习得的。

第二层次是"检视阅读"(inspectional reading)。指在规定的时间内快速完成一项阅读,包括两个相互关联的方面:一是有系统的略读,如阅读书名、序言、目录、索引、出版者、与主题息息相关的篇章、后记等;二是粗浅的阅读,也即第一次面对一本难读的书时从头到尾先读完一遍,碰到不懂的地方不要停下来查询或思索,只注意你能理解的部分,不必为一些没法立即理解的东西而停顿。

进入这一层次的检视阅读,包括进入接下来的第三层次的阅读,需要读者做出努力,充满主动性,也即在阅读时提出问题来,而且自己必须尝试去回答这些问题。它包括四个方面的问题:(1)整体来说,这本书到底在谈些什么?(找出这本书的主题,作者如何发展这个主题,如何逐步从核心主题分解出从属的关键议题。）（2）作者细部说了什么，怎样说的？（设法找出主要的想法、声明与论点，组合成作者想要传达的特殊讯息。）（3）这本书说得有道理吗？是全部有道理，还是部分有道理？（对书做出自己的判断。）（4）这本书跟你有什么关系？（如果这本书给了你一些资讯，你一定要问问它有什么意义，对你有什么启发或启示。）这四个问题适用于任何一种读物，一本书、一篇文章，甚至一个广告。只有在阅读中不断提出这些问题，精准回答这些问题，并做阅读笔记（如画底线，在空白处做记号或记下其他页码，做编号，将关键字句圈出来，在空白处做笔记），以及关于全书构架的"结构笔记"（structural note-making），关于作者或读者自己观念的"概念笔记"（conceptual note-making），或围绕某一主题、由许多作者参与的、针对一场讨论情境的"辩证笔记"（dialectical note-making），养成这些阅读习惯与艺术，才能成为一个有自我需要的阅读者，一本书才真正属于你自己。

第三层次是"分析阅读"（analytical reading）。这是全盘的、完整的、优质的阅读。分析阅读就是咀嚼与消化一本书，它寻求的是对书本的理解，如透视一本书、判断作者的主旨、公正地评断一本书、运用其他书包括工具书辅助阅读等。分析阅读有三个阶段（找出一本书谈些什么；诠释一本书的内容；像沟通知识一样评论一本书）和相应的十五个规则。

第四层次是"主题阅读"（syntopical reading）。又称"比较阅读"（comparative reading），这是最高层次的阅读，也是最复杂最系统化的阅读。围绕同一个主题阅读很多相关的书。涉及五个步骤：(1) 找到相关章节；(2) 带引作者与你达成共识；(3) 厘清问题；(4) 界定议题；(5) 分析讨论。主题阅读的目的并不是给阅读过程发展出来的问题提供最终答案，也不是给这个计划开始时候的问题提供最终解答。"主题阅读所追求的这种特质，可以用这句话来作总结：'辩证的客观。'"①

所有这些读书进阶或境界的看法都很有道理，但根据个体阅读进阶的发展脉络和新教育倡导的核心价值理念，揆诸有关见解和我们的实践，新教育也提出自己的境界阅读论。它包括三个境界：

第一境界：基于兴趣满足的游戏阅读。这一阶段的阅读总体上遵循的是"快乐原则"。大体与幼儿园到小学的孩子的年龄特征相应。这一时期的身心发展虽然处于急剧变化之中，但总体上讲尚在生命初期主客拟人化、一体化世界的混沌完满状态，游戏是这一时期发展的典型特征，充分体现了儿童的"剩余精

---

① 莫提默·J. 艾德勒，查尔斯·范多伦. 如何阅读一本书. 郝明义，朱衣，译. 北京：商务印书馆，2004：279.

力"(席勒－斯宾塞)、"机能快乐"的欲望(彪勒)的冲动。与之相应，此时的阅读主要采用娱乐性阅读。首先是利用孩子的游戏心灵，最大限度地激发他们的阅读兴趣，培养他们爱阅读的习惯与嗜好。同样重要的是，要营造浓郁的阅读情境，驱使孩子沉浸于其中，不知不觉地进入自发阅读的状态，不妨鼓励孩子们喜欢的随机性阅读、泛览式阅读、无疆界阅读(或"杂食性阅读")、跨阶梯阅读(如阅读超越年龄界限的"囫囵吞枣"式的阅读)等。此外，针对这个阶段孩子的心理特点，要特别重视口承阅读、图画阅读、童话或幻想文学阅读、表现性或表演性阅读等，并在这些阅读中指导孩子逐渐感受阅读的初始规则与技能，不断增强阅读的理性元素，涵育阅读的理解能力，从而为进入更高层次的阅读打下坚实的基础。

第二境界：基于理智追求的规范阅读。这一阶段的阅读总体上遵循的是"理性原则"。个体从少年时代开始，已经基本结束了主体与客体、人与人、情与理等等之间的"非二元状态"，自我意识、规则意识、独立意识、青春意识等逐渐发展，少年式的英雄主义情结日渐高涨，与此同时，"本我"与"超我"、理性与情感的内在冲突也日益加剧，"自我同一性"(ego-identity)的紊乱明显增强，"少年维特"式的烦恼也时常困扰着他们，于是，理智的训练就成了这个时期乃至以后很长一段时期(包括高中、大学甚至走进职场社会的青壮年时期) 的重要主题。与之相应，读书也就进入了以学识追求、智能提升、技术操练、价值选择乃至未来生计等为主要诉求的阶段。随着年龄的增长、考试频率的增加、职业社会的召唤和谋生意识的强化，阅读者的阅读旨趣不断分化，分科性阅读、追踪性或研究性阅读的倾向日益显豁，职业性阅读、功利性阅读的分量也在逐渐加大，这一阶段的阅读虽然还可能甚至有必要保持童年时代的快乐，但更需要意志的艰苦努力、情感的痛苦体验与技术的刻苦操练，"苦读"成为这个阶段不可回避的特征。也只有通过理性的锤炼，阅读才能达到"苦中作乐"乃至"苦乐圆融"的状态，获得"高卓的快乐"。鲁迅先生曾将读书分为"职业的读书"（其中也包括学生为升学的读书）和"嗜好的读书"，他在《读书杂谈》中曾说过，"由于职业和嗜好不能合一而来"，"所以读书的人们的最大部分，大概是勉勉强强的，带着苦痛的为职业的读书。"① 这诚然道出苦读的无奈，却也在某种程度上揭示了读书的普遍事实和客观必然。古代"头悬梁锥刺股""握锥投斧""照雪聚萤""凿壁偷光""牛角挂书""锄则带经""牧则编简"等等流传至今的故事都成为苦读的典范和楷模。当然，我们所说的"苦读"不是应试教育带来

---

① 鲁迅. 鲁迅全集. 北京: 人民文学出版社，2005：457-458.

的那种压抑甚至摧毁人性的"苦读"，而是精神成长历程中必然遭遇而且也必然会被超越与扬弃的人性磨砺与锤炼。此外，规范阅读必须处理好分科阅读与通识阅读、学历阅读与个性阅读、职业阅读与休闲阅读等等之间的关系，才不会使这个阶段的阅读"理性"误入歧途，滑入狭隘的功利主义的泥沼，保全人格的健康发展。

第三境界：基于自我实现的审美阅读。这一阶段的阅读总体上遵循的是"和谐原则"。这种境界在童年时代就已经萌芽，并且在人生发展的各个阶段都会有不同程度的显现，尤其在进入大学或社会的青年身上加快积蓄经验，到成人时期不断走向成熟，并延续终生。但也有人因为疏于勤奋阅读，或者被职业的功名追求所累，而一生都不可能步入这样的阶段。人的发展的最高境界是"自我实现"，进入这个阶段，前面所说的人在少年时代就开始的"自我同一性紊乱"趋向缓解，个体逐渐能够将自我的过去、现在和将来组合成一个有机的整体，确立自己的理想与价值观念，并对未来自我的发展做出了自己独立的思考，实现内在统一人格的自我重建。一旦他这样做了，他也就获得了一种新的"自我同一性"，就意味着真正地长大"成人"。而所谓"成人"，在终极发展的意义上讲，也就是"成为人"—— 成为全面发展、和谐发展、自由发展的"人"。这样的人是最高意义上的审美的"人",因为只有审美才能将人性的各个方面,高度融合起来,就像马克思所说的那样,"只是由于属人的本质的客观地展开的丰富性,主体的、属人的感性的丰富性,即感受音乐的耳朵、感受形式美的眼睛,简言之,那些能感受人的快乐和确证自己是属人的本质力量的感觉,才或者发展起来,或者产生出来。"① 与人性的这种圆满发展状况相适应,人的阅读也渐入胜境,达到理想的彼岸。他能够在博览群书的基础上从事更高层次的综合化、个性化、终身化阅读,并摆脱一切名缰利锁,达到无所挂碍、陶然忘机、豁然开悟、自由创造的境界。这时,即使是阅读揭露世间人性野蛮、卑劣、堕落与丑恶(如悲剧、喜剧等)的书籍甚至被视为"坏书"的书籍,也能通过审美心理的全面自由协调运动,唤起果戈理所说的"明朗而高贵的反感",使人性得到更高层次的锤炼和确证。这样的阅读所获得的快乐自然不再是第一境界的感官快乐,也不再是第二境界的理性快乐,而是最高境界的审美快乐,是真正意义上实现了自我,因而能像马克思所说的"感受人的快乐"的完美状态,简言之,阅读帮助人从精神上完成了从"悦耳悦目"、"悦心悦意"到"悦志悦神"的递进、扬弃与升华。

---

① 马克思. 1844年经济学 — 哲学手稿. 刘丕坤,译. 北京:人民出版社,1979:79.

三、新阅读的科学机理

真正有效的阅读当然是遵循严格的科学机理的。尽管关于阅读的实证科学研究还处于比较年轻的阶段，存在各种不同的言说，但我们有理由相信，通过众多科学家的共同努力，系统阐释阅读规律的科学指日可待。迄今为止，至少以下有关阅读的几种科学假设可以给我们的阅读实践提供一定的启迪。

（一）关于阅读的"全脑"假设

了解大脑的阅读原理，我们才能更有效地推进阅读教育。法国认知神经科学家斯坦尼斯拉斯·迪昂所著的《脑与阅读》一书，在大量实证研究的基础上，系统探讨了脑神经科学下的阅读原理，提出了一种全新的神经与文化相互作用的假说——"神经元再利用"假说。[①] 迪昂甚至认为，阅读除了能激活大脑的一些区域，还会改变大脑的结构。那些受过阅读训练的人，连接左右半脑之间的区域会更厚，这个厚度的增加非常明显，它促进左右半脑之间的信息交换会明显增多，进而加深记忆的深度，

---

① 斯坦尼斯拉斯·迪昂. 脑与阅读. 周加仙，等译. 杭州：浙江教育出版社，2018：9-10.

增大记忆的广度。这意味着，尽管大脑的结构因为受到遗传的限制而基本是固定的，但一部分大脑结构也会因广泛而多样的阅读而具有一定的可塑性，换言之，阅读可以激活并重塑我们的大脑。①

特别值得注意的是，尽管迪昂并不认同"全脑阅读"可以协调左右脑运作提升阅读速度的假说，但他并不否认，阅读学习涉及两个相互连接的脑区，分别是物体识别系统和语言回路，这两个脑区在婴儿时就已经形成了。也就是说，阅读还是涉及整个大脑的。②而且，由于神经元的再利用，尽管"每个皮质区域最开始都既有优势功能，也有劣势功能，之后由于学习而进行了部分重组。人类文化在已有的生物性偏差的基础上发挥作用，同时必须去探索如何对这些偏差进行调整，用于新的用途"。③

我们知道，经典的实证研究认为，由于大脑功能的非对称性，或大脑半球侧化，大脑的复杂功能在左右半球之间存在

---

① 斯坦尼斯拉斯·迪昂. 脑与阅读. 周加仙，等译. 杭州:浙江教育出版社，2018：229-232.

② 斯坦尼斯拉斯·迪昂. 脑与阅读. 周加仙，等译. 杭州:浙江教育出版社，2018：299-330.

③ 斯坦尼斯拉斯·迪昂. 脑与阅读. 周加仙，等译. 杭州:浙江教育出版社，2018：325.

一定的分工，语言功能当然也有大脑定位和侧化，以前都认为，参与语言活动的脑区在左半球的布洛卡（Broca）区、韦尼克（Wernicke）区。因此，主要的语言功能，特别是命名课题、语法加工、理解语义等语言的精细加工是在左半球实现的。但这并不意味着大脑右半球与语言无关。新的研究表明，无论主动的还是被动的语言作业，在初级和联合感觉区级运动区也都会引起活动，就是说，除了经典的语言区之外，还有其他的脑区。此外，研究还发现，右半球与布洛卡（Broca）区、韦尼克（Wernicke）区相应的脑区损伤会引起语调缺失症：在口头表达中缺乏正常的情绪性语调。右脑本来就有情绪功能方面的优势，它无疑参与了生动的语言表达。[①] 这说明，语言的大脑功能虽然存在侧化，但实际上又离不开两半球不同功能区域的关联与协作。据此，有人甚至认为，语言信息的加工有赖于大脑皮层巨大网络系统的形成与作用，并不单纯是少数几个区孤立的功能。[②] 这就是阅读的"全脑"科学依据。

我国的《参考消息》曾经转载过阿根廷布宜诺斯艾利斯经济新闻网一篇题为《为何说阅读有助于锻炼大脑？》的报道，报道

---

① 杨雄里. 脑科学的现代进展. 上海：上海科学教育出版社，1998：99-101.

② 胡文耕. 信息、脑与意识. 北京：中国社会科学出版社，1992：287-289.

指出，阅读不仅是儿童智力发展的重要因素，成年人也可以从中受益。阅读属于一种大脑锻炼，甚至可以提高情商。这项重要的大脑锻炼主要帮助我们集中注意力，因此阅读纸质书、电子书或收听有声读物之间的差异并不大。

报道还称，众多有关婴儿期阅读益处的研究表明，读书对儿童的大脑发育有好处。例如，西班牙儿童发育研究协会发表的一项研究指出，从较低年龄段开始阅读的孩子在一些智力测试中的得分会更高，掌握的词汇量也更大。

报道指出，阅读在增加智力锻炼中也显示出优势。美国斯坦福大学的一项研究指出，成年人的大脑仍在继续发育。研究人员通过磁共振检测了阅读练习影响大脑不同区域的方式。志愿者在接受磁共振测试的过程中被要求阅读一部简·奥斯汀的作品。

神经生物学家发现，当志愿者专注于书中的情节时，"除了负责执行功能的区域以外，流向大脑其他区域的血液出乎意料地显著增加，而这些区域通常与集中精力执行某项任务有关"。参与这一多学科团队的文学专家纳塔莉·菲利普斯表示，阅读过程中血流的这种普遍增加"表明集中注意力阅读文学作品需要协调多种复杂的认知功能"。

报道认为，这一有关注意力的实验着重于阅读时可能出现的各种形式的注意力集中的认知动态，其中包括浮动注意力。无论怎样，阅读都带来了明显的脑部训练，这将帮助人们改善或遏制认知能力的下降。

台湾竹南卫生研究院的一项研究以近2000名64岁以上的人为对象，分析了促进阅读作为一项智力活动的价值。研究指出，阅读是一项典型的智力活动。与体育锻炼或社交活动等其他休闲活动相比，阅读是更加静态和孤立的。

报道称，按照自己的喜好阅读对延长寿命和提高认知能力有益，因此可能对老年人的健康更有帮助。研究强调，较高的阅读频率，例如每周两次或更多，可以降低长期认知功能下降的风险。

纽约新学院大学的一项研究指出，阅读小说尤其有益于个人的情商：由于小说叙事着重于人物角色的情感和观念的深层描写，因此阅读这类文学作品是一种对理解他人观点的能力的练习。

报道提到，多伦多大学的一项研究得出了类似结论，认为阅读小说有助于培养同理心。因为阅读小说时，大脑的工作原理与处理有关他人信息时的原理完全相同。加拿大研究人员在报告中指出："理解小说故事情节时激活的大脑区域与我们理解他人时激活的区域相同。"

人的大脑对于我们来说还是一个有待打开的"黑匣子"。随着"黑匣子"的逐步打开,我们会进一步发现阅读与大脑的秘密,从而更有效地推进阅读。

(二)关于阅读的"全心"假设

新教育实验始终坚持实验的科学性原则,积极从心理科学如潜能学说、多元智能学说、人格(个性)心理学说、积极心理学说等发展成果中寻求依据。阅读研究与实践也同样需要心理科学的支撑。

阅读是一项重要而复杂的心理活动。但迄今为止,阅读心理科学的研究主要局限于阅读的认知领域,认为阅读是一种认知活动,包括基本的视觉分析、字形加工、语音加工和语义通达四个过程。因此,阅读被视为人们获取"知识"的途径。[1] 目前国内外阅读心理学研究的主要领域包括"眼动与阅读""字词识别""词切分(如古代句读)机制""句子理解""语篇理解""阅读能力发展"和"阅读障碍"等,这些领域的研究在国内外获得相当丰硕的成果,它们可以用来作为指导儿童更有效阅读的重要科学依据。[2]

---

[1] 白学军,闫国利,等. 阅读心理学. 上海:华东师范大学出版社,2017:1.
[2] 李文玲,舒华,主编. 儿童阅读的世界Ⅰ——早期阅读的心理机制研究. 北京:北京师范大学出版社,2016.

不过，我们认为，阅读不可能只局限于大脑某些区域的神经运动，只局限于认知领域。阅读作为一种学习活动，其实是涉及整个身心运动的。因此，我们更需要一种整体主义的心理学——我们简称为"全心"科学来支持新型的阅读行动。与元素心理学、原子主义心理学相比较而言，整体主义心理学坚持整体观，认为人的心理现象是整体发生的，而非局部心理现象的简单叠加。以现象学、存在主义和解释学为哲学基础的人本主义心理学基本上都是整体主义心理学的范畴。从德国布伦塔诺的意动心理学、狄尔泰的理解心理学开始，经斯特恩（W.Stern）、斯普兰格（E.Spranger）等人的人格心理学、格式塔心理学、精神分析学、机体论心理学，一直到美国人格心理学和人本主义心理学都非常强调研究整体的人（完人）和人的整体（人格），这是心理学史发展的一个重要里程碑。即使是科学主义取向的一些心理学派如新行为主义、日内瓦学派、认知心理学也都受到很大影响。①

用整体主义心理学的理论审视阅读，就会发现，阅读尽管是从信息符号中获取意义的一种复杂的智力活动，需要各种智力因素，比如观察、记忆、思维、想象等的积极参与，但各种非

---

① 车文博，主编. 当代西方心理学新词典. 长春：吉林人民出版社，2001：285，461.

智力因素，比如动机、兴趣、意志、性格等，在阅读中也有着十分重要的作用。① 换言之，阅读涉及心理的各个领域。所以，我们可以融会和利用无意识心理学、潜能心理学、动机心理学、认知心理学（又包括知觉心理学、记忆心理学、思维心理学、情境认知心理学等）、情绪心理学、想象心理学、创造心理学、人格心理学等心理科学的各项积极成果，结合阅读教育的思辨研究、实证研究与实践研究，促进阅读的科学化。

（三）关于阅读的"全语言"假设

阅读教育最主要的载体是语言，它的语言学依据在哪里？这是一个复杂的课题，不同母语的民族或国家的儿童语言习得（包括阅读）在机理上是存在一定差别的。例如，汉语是一种情境性、意向性很强的语言，而英语却是一种结构化、程序化程度很高的语言，它们的习得方式和策略差异极大。当然，由于语言又是人类独有的文化符号，它们的习得又存在基本的共通之处。

纵观各种语言教育教学理论，我们认为，被誉为"全语言之父"的肯·古德曼倡导的全语言教学（Whole Language Approach）是一种值得重视的主张。古德曼尖锐批评了传统的语言课程和教学，认为它脱离实际生活，机械地进行拼音练习，

① 胡继武. 现代阅读学. 广州：中山大学出版社. 1991.

将一个句子、一篇文章拆解得支离破碎，这是完全不可接受的："直截了当地说，像语文教科书、习作本、程式化的技巧教学，以及练习簿之类的材料，全语言教师是不会接受的。这类材料所呈现的语言形式，是不科学的，而且占去了老师及学生建设性阅读和书写的时间。"① 为了克服这些弊端，古德曼提出了他的全语言理论。他认为儿童语言经验是在完整丰富的语言环境、真实的语言实践中积累起来的，换言之，"语言只有在完整的时候才是语言。完整的文章、语言事件中的对话，才是最起码具有文意、可运用的语言单位。在正常情况下，字、片语和句子等语言中的较小单位，通常只有当它融合在完整的、真实的情境或文章中，而且是使用语言经验的一部分时，老师和学生们才会注意它们的关系和细节。"正是针对语言的这种实际状况，"宣告了全语言时机的来临。"② 因此，全语言教育的根本宗旨就是让儿童在"完整而自然的情境"中学会语言。

在"全语言"阅读的过程之中，"综合"是语言学习的最重要的原则。它致力于实现语言教育课程的多重"综合"：例如，实现儿童语言学习与其生活情境的"综合"，让日常生活情境中的

---

① 肯·古德曼. 全语言的"全"全在哪里. 李连珠，译. 南京：南京师范大学出版社，2005：45.
② 肯·古德曼. 全语言的"全"全在哪里. 李连珠，译. 南京：南京师范大学出版社，2005：43.

语言成为孩子们最初的阅读对象，引导儿童在真实情境中全方位、有意义地学习和使用语言。又如，实现语文课程知识内容的认知与听说读写等语言学习的"综合"。再如，实现语言学习历程中的所有语言经验也即听说读写的"综合"。此外，还有语言学习的跨学科"综合"，也即各个学科的教学都要关注本学科使用语言的情形，并将它们视为重要的教学目标，以及以"主题式单元"构架语言学习活动的"综合"，主题可以聚焦科学、文学、社会、艺术、人类等，也可以结合数种主题为一个单元，主题提供认知发展和语言训练的焦点。①

古德曼的全语言理论是值得借鉴的。我想进一步补充的是，由于我们的母语具有不同于英语的重情采、重意会、重气韵、重具象、重神思等"情境化"文化特性，所以更需要一种融合语言活动涉及的身与心、情与智、语（口语）与文（书面语）、语言与情境、语言与生活、语言与历史、语言与技术、语言与艺术、语言与文化甚至语言与哲学等领域的全景式语言观来支持我们的阅读教育。我相信，通过语言学家、语言教育专家以及一线广大语言教育工作者的共同探索，这一全新的"全语言"学终将建立起来，那时，我们的新阅读实践也将迈入更高的境界。

---

① 肯·古德曼. 全语言的"全"全在哪里. 李连珠，译. 南京：南京师范大学出版社，2005：46-49.

第三章　新教育营造书香校园的路径与方法

　　新教育实验对"营造书香校园"有一个简明的概念，是指通过创造浓郁的阅读氛围，整合丰富的阅读资源，开展多彩的读书活动，让阅读成为师生日常的生活方式，进而推动书香社会的形成。这个概念基本上讲清楚了书香校园建设的主要内容。2007年，我们出版了名为《与崇高对话：新教育实验与书香校园建设》的操作手册，指导新教育实验学校开展新教育实验的书香校园建设。

　　的确，书香校园建设，在任何一个阶段的学校都具有基础性、根本性的作用，尤其是在小学阶段，这是学生阅读兴趣、阅读能力和阅读习惯养成的最关键的时期。我一直认为，学校，在本质上就是一个师生一起阅读、实践、探索、求知的地方。没有阅读，就没有教育，当然也谈不上学校。记得苏霍姆林斯基就曾经说过:"一所学校可能什么都齐全,但如果没有为了人的全面发展和丰富精神生活而必备的书,或者如果大家不喜爱书籍,对书籍冷淡,那么,就不能称其为学校。一所学校也可能缺少很多东西,可能在许多方面都很简陋贫乏,但只要有书,有能为我们经常敞开世界之窗的书,那么,这就足以称得上是学校了。"① 可见,书香校园应该是作为学校甚至教育的基本活动和本质特征。

具体而言,新教育所倡导的书香校园建设行动,是着眼于人的全面发展,在全时空状态下,全员共同参与,以全息思维方式打开的全领域阅读实践。因此,营造书香校园需要在阅读空间构建、阅读主体培塑、阅读资源建设、阅读活动开展和阅读评价跟进等多个维度系统化演进。

一、优化阅读空间

(一)打造一间书香弥漫的教室

对于师生来说,生命中许多宝贵的时光都是在教室里度过的。新教育人认为,教室是一个创造奇迹、上演故事的地方。

---

① 蔡汀,等主编. 苏霍姆林斯基选集:第2卷. 北京:教育科学出版社,2001:67.

在教室这个空间，"适合孩子的"和"孩子喜欢的"书，是不可或缺的伟大事物。守住一间教室，带着孩子们穿越在伟大事物之中，吻醒故事和经典，编织诗意的生活，每一个生命就会伴随着岁月走向丰盈。

缔造一间具有书香气息的教室，至少要在以下四个方面着力：

一是营建氛围浓厚的阅读文化环境。将书香元素作为完美教室文化建设的重头戏，充分发挥环境对学生阅读的唤醒功能，在耳濡目染中，"使读书成为每个孩子最强烈、精神上不可压抑的欲望"（苏霍姆林斯基）。如在教室四周墙壁呈现读书的名言警句、师生共读宣言，设立好书推荐海报、学生阅读成果分享展示区等。

二是配置高品质的班级书柜（图书角）。理想的班级书柜应做到书目精心筛选，核心学科老师都有推荐书目；图书质量高，类别齐全；图书按主题和难度等级进行分类，并把每一类书放在相应的格子（盒子）里；生均数量不少于10册，且不断更新；有规范的借阅公约和学生阅读记录；书柜有独特的名字，外观整洁，布局合理；学生自主管理，有创意。西安市高新区第四小学通过班级"家委会"，开展"花10元钱帮孩子读×本书"行动（×就是班级人数），满足了学生自由阅读时对优质藏书的需要。

三是重构适合团队合作、独立学习、同伴切磋的阅读空间。主动适应学校成为学习中心、教室成为学习工作室的未来教育趋势，有意识地重新设计教室，增加可以在教室内进行的学习形式。如改变秧田式桌椅排列方式，开辟阅读区角，在幼儿园和小学中低年级搭建阅读小帐篷等。

四是留出充足的阅读时间。真正迷恋上好书的孩子，阅读就是精神生命的深度娱乐。而对好书的迷恋，需要充分的时间做保障。时间都是挤出来的。如不少新教育实验学校每天安排20分钟的晨间自由阅读，30分钟的午间整本书静读，每节课开始时安排3至5分钟的阅读分享，课后延时服务安排专门的阅读时段，将自主阅读作为每天的家庭作业，每周开设1至2节阅读课，每学期用一周左右时间举办读书节等，用看似七零八落的时间，汇聚成浸润书香的时间长河。

浙江杭州萧山区银河实验小学的朱雪晴老师提出了班级书柜的评价标准，可以供大家参考：

一是书目质优（15%）：契合学生年龄特点。所有书目经过精选，质量高。

二是类别多样（15%）：核心学科老师有推荐书目，书目类别相对齐全。

三是数量充足（15%）：生均数量不少于10册，处于不断更新中。

四是制度健全（20％）：有规范的借阅制度与学生阅读记录。

五是布置整洁（15％）：书柜有固定的名称，外观整洁，布局合理。

六是富有创意（20％）：在班级书柜打造方面有独特的创意。

（二）推动学校图书馆功能的升级

中小学的图书馆建设非常重要。苏霍姆林斯基就认为，图书馆在学校发展中发挥了十分重要的作用，主张学校应有足够的图书供学生阅读，甚至边远的农村学校也不例外。他说："在学校图书馆或教师私人藏书中，应当备有发展了教学大纲材料知识的书籍。这类书籍已出版很多，正在出版的也不少。阅读有关现代科学前沿的书籍，阅读这类书籍有助于阐明学校的基础知识。""学校应成为书籍世界。你可能是在我国遥远的角落里工作，你所在的乡村可能远离文化中心数千公里，你学校里可能缺少很多东西，但如果你那里有充足的书籍，你的工作就能达到与文化中心同样的教育水平，取得同样的成果。"[①] 也就是说，如果一个学校拥有品种足够丰富、品质足够卓越的图书，

---

① 蔡汀，等主编. 苏霍姆林斯基选集：第4卷. 北京：教育科学出版社，2001：631-632.

能够为教师和学生的精神成长和学科学习提供足够好的支持，即使是农村的学校，也是可以与中心城市的学校媲美的。

苏霍姆林斯基担任校长的帕夫雷什中学是一所乡村学校，但是他们的图书馆藏书达1.8万册，藏书中包括已列入世界文学宝库的所有著作，以及在童年、少年和青年早期必读的最低限度的那些书籍。此外，还有数学专用室、语言文学专用室、外语专用室等，这些专用室也有各自的专业书籍，如语言文学专用室收集了两百部文艺作品，这是每个人在校期间都要看完的。我曾经考察过台湾地区最好的中学之一——建国中学，学校图书馆的藏书就非常丰富，而学校图书馆的馆长，也是由学校公认的最有学问的教师兼任的。

新教育实验一直倡导"学校建在图书馆中，学习发生在图书馆中，学生成长在图书馆中"，就是希冀在图书馆这个空间里，个体或群体可以在这里做研究，可以提出各种问题，探索每天的突发奇想和一生的热爱。

受多种因素的制约，当下学校图书馆的价值未能充分挖掘，资源浪费现象十分严重。主要表现在：功能定位过于单一，多数图书馆功能仅限于图书的存储和借阅，沦为了藏书的仓库；资源配备实用性不强，馆藏书目缺少针对性，书目整体质量不高，缺少针对学生综合学习的支撑性资源；环境氛围缺少趣味性，多数图书馆阅读环境单调无趣，书架及存放模式按成人视角及库房式摆放；管理水平不高，多数停留于借书还书的基础管理，缺少对学生阅读兴趣的激发活动、阅读课程的开展。

　　理想的学校图书馆应该具备四个特征：包容性 —— 无论性别、年龄、身份，图书馆都对其开放；开放性 —— 无需任何证件，无需任何手续，都可以进入图书馆看书；文化性 —— 提供联结共享的文化资源，开展文化活动；公共性 —— 成为教师、学生、父母、社区居民公共生活的空间。

　　面对未来学校学习方式的深度转型，学校图书馆的功能需要重新定位，致力于将图书馆建成学生自主学习支持中心、学校课程创新发展中心、家校协作育人中心，让图书馆真正成为人与思想联结的地方。在具体操作上，建议抓住以下四个切入点升级学校图书馆建设与管理：一是环境提升。满足课程实施和阅读兴趣激发两大核心设计理念，合理定位功能区域。同时在光线色彩、图书摆放、桌椅陈列、网络音响、绿植养护等方面，给阅读者以舒适而温暖的感受，让图书馆成为师生离不开的地方。常州市武进区星河实验小学在图书馆内放置了许多动物造型的小坐垫，满足了学生舒适阅读的需要。二是智能管理。以"人找书便捷、书找人精准"为基本理念，引入智能化的管理设施设备，满足集中借还、自助借还，实现开放式管理。配备现代全媒体资源及科技体验手段，如墨水屏阅览器、影片资源库、VR 体验区等。三是阅读促进。发挥图书馆对阅读促进推广的价值，在图书馆内设计图书推荐机制、阅读测评机制和阅读表彰机制，设置阅读检测终端和展示屏。特别要选好善于推广阅读的馆长，创新选书、荐书方式，添置与读者匹配度高、有品质的"精神食粮"，倡导"每个人都是读者，每个人都是图书馆管理员"，常态化组织读书、荐书活动，避免图书馆内的好书"藏在深闺人未识"。四是课程开发。在图书馆开设信息素养课程、学科融合课程、项目学习课程，以及一些主题类人文和科技大师讲坛等课程，带动校园素养课程的开设。

随着数字化时代的到来，搜索引擎可以让我们接触到所有需要的信息，越来越多的书可以在移动设备上而不是书架找到。这就需要我们以互联网思维迭代学校图书馆建设与管理模式，建立以"云"为基础的图书馆管理平台，实现学校图书馆与社会图书资源的共建共享，让学校图书馆变得"无限大"。在这样的大背景下，一些学校正在选择关闭中央图书馆，将图书分散放置在各个地方；还有一些学校选择改变图书馆功能，让它变成大型活动中心的一部分；还有一个趋势就是建立一系列小型图书馆。不管学校采取何种方案，图书馆的根本品质是成为各个年龄段的学生欢乐的源泉。

总之，应该营造一个以图书馆为中心的健全的阅读设施，让学校有浓郁的阅读氛围，成为真正的读书场所，成为师生共同的精神乐园。将学校图书馆、年级图书广场和班级图书角建设作为首先予以重视和投入的方面，尽可能做到在学校的任何地方，书籍都能触手可及。应该精心选择和采购适合学校不同年级师生的图书，满足不同学科学习与项目式学习的需要。应该让学校最有学问、最爱阅读的老师担任图书馆馆长，把图书馆变成真正的学习中心。图书馆尽可能全天候开放，允许学生随时到图书馆查找资料，进行研究性学习。可以结合教学内容把相关的图书放到年级的图书广场和班级的图书角，让学生更加便捷地得到需要的图书。

（三）拓展校园阅读的景深

我们一直认为，一所没有书香气息的校园，永远不可能有真正的教育。新教育提倡"学校就是书天堂""学校建在图书馆"，就是期待在校园里"到处可以找到读书之地，到处可以看到读书之人，到处可以听到读书之声"，让整个学校环境看起来都像图书馆。

随着"在校园四处分配资源"理论的兴起，实体图书馆会变得越来越小甚至会被取消，但校园内的楼梯口、走廊过道、楼层拐角、建筑墙壁、草地路旁、大树底部等相对宽敞的地方，可以开发成新颖别致、小巧玲珑、形式多样的神奇书屋、主题阅读馆、书吧、书亭、书站等新阅读空间，满足学生多样化的阅读需求。这些空间离学生更近，存取更加方便，阅读体验更加自由舒适，能够较好地实现"走到哪儿读到哪儿"，在潜移默化中引导学生积极阅读。

深圳市新安中学（集团）总校长袁卫星就一直致力于把学校建成一座图书馆，打造园林式书院，构建泛在学习的环境。他们把大量馆藏图书，结合师生阅读实际，分门别类放置到各个楼层的中庭及走廊、墙壁柜里，全面开放，自主管理，取消借阅环节，让书籍成为流动的生命。图书馆一楼大厅放置了学校推荐的初中必读书目30种、小学必读书目20种，将同一作家的不同书目及同主题相关书目集中陈列，便于学生随时阅读和专题阅读。学校还以"仁、义、礼、智、信"为专题，在5个楼层分别摆出传统文化类书籍。图书搬到了学生触手可及的地方，学校成了永远开放的图书馆，学生从"做题郎"变回了"读书郎"。奚亚英校长在常州市武进区湖塘桥中心小学也做过同样的事情，把学校图书馆所有的书籍都搬到校园的角角落落。因为无限相信阅读的力量，这所农村小学先后走出了2位人民教育家培养工程对象、6位特级教师和54位校级管理人员，书写了新教育的生命传奇。

新教育早就提出了"文化为学校立魂"的命题，阅读文化当然是学校文化建设的应有之义。新教育学校要有主动向阅读要文化品位的思维，创生丰富多彩的阅读型环境，主动讲好学校文化景观的"故事"，让阅读内容在校园成"象"、成"型"，让学校景观文化成为课文掌故和历史经典的再现、延续和创生，以此唤醒更多孩子的好奇之心，吸引他们走进经典，回味经典。比如，在醒目的地方呈现关于阅读的名言警句；给校园内的一花一草一木配上新教育晨诵里的诗歌；用师生熟悉、喜欢的经典书名、角色形象等命名学校的楼宇、道路、场馆、社团；将经典名著中生动的场景、画面，复制到校园空间里，增强学校景观文化的"可读性"。

在清华大学附属小学的校园里，有一棵长满"书"的大树，树枝上挂满了各种各样的经典图书。课间，孩子们纷纷来到树下，仰起小脸，看着那些让他们着迷的"图书伙伴"。浙江杭州萧山区银河实验小学校园内有十条主干道，他们以世界十大经典著作中的人物形象命名，如犟龟路、小王子路、萨哈拉路等，每条路都承载着一个儿童品性的关键词，如坚持梦想、担当责任、亮出自我等，巧妙地将阅读、文化、德育融合在一起，把学校变成了一本立体的书。

二、培塑阅读主体

（一）造就浸淫书海的学生

学校最美的风景是一群手不释卷的孩子，在校园的角角落落诗意地栖居。学生是书香校园建设最应关注的"首席"，只有学生爱上了阅读，教育才有希望，民族才有未来。

美国诗人惠特曼说："有一个孩子每天向前走去，他看见最初的东西，他就变成那东西，那东西就变成了他的一部分。"无数事实表明，儿童早期的阅读，是最好的生命供养。人生前十四年坚持阅读，不仅读到的东西会记住一辈子，而且有利于养成良好的阅读习惯。如果学校、家庭注重从小鼓励孩子形成自己的阅读兴趣与选书、淘书的乐趣，童书中孕育着的动物、植物、人物等美好形象，承载着的人类美好的情感 —— 尊重、友情、爱、善良，就如同一粒粒的种子，在他们心灵的世界里生根、发芽，最终长成参天大树。

英国儿童阅读专家艾登·钱伯斯认为，阅读需要成年人做一个"有协助能力的大人"，"如果我们的小读者，能够有一位值得信任的大人为他提供各种协助，分享他的阅读经验，那么他将可以轻易地排除各种横亘眼前的阅读障碍"。因此，应当"让我们一起来好好为孩子打造一个阅读环境，让他们自在地遨游于阅读世界了"。① 关注学生阅读，把学生带进书的世界，享受阅读带来的乐趣，可以从学生"成长六字诀"的六个维度进行思考与实践。

第一个字："信"。一方面要相信学生，相信阅读。我们不是从孩子身上看到了希望才相信孩子，而是相信了孩子才能有希望。尽管童年的秘密还远远没有被发现，童书的价值还远远没有被认识，但我们应当坚信：用阅读可以破解"童年黑匣子"。另一方面要通过阅读真正代表中华文明的优秀作品，让学生对中华文化产生信任、信赖、信仰，建立起学生对世界、对人的根本信任。

第二个字："望"。首先是激发学生的阅读愿望。好奇心是打开未知世界的一把钥匙，也是阅读最重要的动力。泰州姜堰实验小学在校园里用报废的公共汽车复制"巴学园"的场景，在楼道的拐角处用绳线编织"夏洛的网"，在学校的一个角落里搭建出"草房子"，从儿童的美学体验出发，激发了学生阅读《窗边的小豆豆》《夏洛的网》《草房子》等作品的愿望。其次是通过阅读帮助学生构建希望，形成人生的理想。学生读《居里夫人传》，

① 艾登·钱伯斯. 打造儿童阅读环境. 许慧贞，译. 北京:北京联合出版公司，2016：13-14.

会被科学家不轻言放弃的坚忍品格所感动；读《绿野仙踪》，会相信坚持就有奇迹；读《苦难辉煌》，会懂得什么是正义、艰辛和伟大。

第三个字："爱"。苏霍姆林斯基说过，一个非常重要的教育任务，就在于使读书成为每个孩子最强烈、精神上不可压抑的欲望。带领学生阅读，特别强调培养学生对阅读的挚爱，以及通过阅读保持和发展学生对世界的热爱。学生如果能够沉醉于没有功利的阅读，那种感觉会如同爱情一样深刻地影响他们的一生。新教育年度人物郭明晓老师，所带的学生六年人均阅读量达到了3000多万字、晨诵诗歌1000多首、师生创作诗歌600多首。她所带领的班级学生对阅读几乎达到了痴迷的境界。人类千百年来沉淀下来的传递爱、表达美的作品，是培养学生对世界爱的情感的重要源泉。用书唤醒学生心中的美好，能够让儿童在阅读之中有更多的收获。

第四个字："学"。苏霍姆林斯基曾说过："一个不阅读的孩子，就是一个学习上潜在的差生。"学，在某种意义上，指的就是阅读本身。阅读能力就是最重要的学习力，阅读是学习最主要的路径。无数事实表明，阅读力强的学生学业水平都有上乘的表现。在一个必须终身学习的时代里，爱上阅读的学生，就意味着掌握了安身立命最重要的根本能力。因此，我们如何强调学生阅读，都不为过。

第五个字："思"。学而不思则罔，思而不学则殆。有思考的阅读，才是真正的深度阅读。学生只有在阅读之中独立思考，才能够让自己的精神世界有深度，才能让我们的民族有高度。因此，培养有思考力的学生，仅仅读了是不够的，还要引导他们把自己阅读的东西说出来和写出来。培养学生的思考力，选择一些有挑战性的书籍是非常必要的。同时要通过主动提出问题，学会欣赏、比较、分析，从而形成自己的思想。

第六个字："恒"。在当下五光十色的世界里，静静地读一本书，所需要的恒心远远超过了看电影、玩游戏等各种娱乐。培养学生阅读的恒心，一方面要用电影课等新手段、新方式，吸引学生阅读。如江苏淮安市天津路小学的王艳老师研发了"光影阅读"课程，有效地把新教育的电影课与阅读结合起来，取得了很好的效果。另一方面，成人要对学生阅读进行有效引导，以各种巧妙的方法进行"干预"。如山东省莒南县第一小学以"思维导图"记录阅读、"经典剧场"演绎阅读、"小小书迷见面会"对话阅读、"跟着课本去旅行"研学阅读、"我的签名售书会"表达阅读，丰富了学生的阅读体验，帮助学生养成内在的阅读习惯，让阅读成为学生不可或缺的生活方式。

（二）培育专业阅读的教师

书香校园建设，有一支热爱读书的教师队伍非常重要。读书是教师成长的基本途径，苏霍姆林斯基就要求教师"要天天看书，终生以书籍为友"，认为"这是一天也不断流的潺潺小溪，它充实着思想江河。阅读不是为了明天上课，而是出自本性的需要，出自对知识的渴求。如果你想有更多的空闲时间，想使备课不成单调乏味地坐着看教科书，那就请读科学作品，要使你所教的那门科学原理课的教科书成为你看来是最浅显的课本。要使教科书成为你的科学知识海洋中的一滴水，而你教给学生的只是这门知识的基本原理"。教师应该成为学生读书的引路人，应该会为不同的学生选择最适合他们的书籍。苏霍姆林斯基曾经说过，如果一个班有30个学生，在教师的书架上就应当有300本书供他们选择。"教师教的不管是哪一门功课，都应当激发学生对书籍的迷恋，这里指的是那些渗透着思想性，能使一个即将步入生活的人得到提高，变得高尚起来的书籍。"他打过一个形象的比喻：书籍就像沉睡在图书馆书架上的巨人。只有通过教师，才能"使沉睡的巨人苏醒过来，投入少年的臂膀，拨动他的心弦和理智，往他的胸怀里灌输神奇的力量"。

在苏霍姆林斯基的影响下，他的学校中教师的个人藏书达

4.9万册。如文学教师 B.T. 达拉甘的藏书有1000多册，物理
教师 A.A. 菲利波夫有1200册，教导主任 A.И. 雷萨克有1500
多册，语言教师 B.A. 科斯奇科和 A.И. 列兹尼克各有1400至
1500册，苏霍姆林斯基和 A.И. 苏霍姆林斯卡娅的私人藏书共
有1.95多万册。① 另外，学校中的每个教师都订有几种杂志和
几份报纸，这些图书和报刊都可以彼此互阅。所以，优秀的校长，
首先要点燃教师的阅读热情，把教师培养成为爱读书的人和善
于指导学生读书的人。

　　教师的读书研讨交流，对于培养教师的阅读兴趣和提高教
师的阅读能力，具有重要的意义。在帕夫雷什中学，教师大约
每月两次结合自己的阅读，向同事们做学术问题的讲演，并且
配合每个讲题在教师陈列橱里或校图书馆里陈列有关的书刊资
料。苏霍姆林斯基曾经很骄傲地说："集体的智力财富之源首先
在于教师的个人阅读。真正的教师必是读书爱好者：这是我校集
体生活的一条金科玉律，而且已成为传统。"

　　教师，是把孩子们带到阅读世界的重要引路人。遗憾的是，
我们的师范教育基本上不重视阅读科学，不重视阅读理论与实
践的教学。我们的未来教师自己没有系统的阅读，也没有接受

---

① 　蔡汀，等主编. 苏霍姆林斯基选集：第2卷. 北京：教育科学出版社，
　　2001：67.

阅读方法的训练，以至于我们许多师范院校的学生根本不明白阅读对于学生精神成长和学业成就的作用，自然也不会在教育实践中开展行之有效的阅读活动。教师不成为读者，就不可能把学生们培养成为读者。教师对文学，对专业没有较深的素养，就很难把完整而广泛的知识带给学生。所以，我一直主张，师范院校应该开设阅读课程，不仅仅是语言文学专业要开，所有的专业都应该开，学科阅读应该成为所有老师的基础课程。要首先让教师成为读者。未来的教师要真正地热爱阅读，真正地进行专业阅读，才能成为知识与学生之间的桥梁，成为助力学生健康成长的导师。

"教师这一项工作，是一个照顾所有年轻学子们的专业工作，同时也肩负着帮助孩子成为读者的责任。如果老师们进入自己的专业领域时，就对出版的儿童文学有完整而广泛的知识，也知道如何将这一切带给孩子们，那么，老师不但会在指导阅读时更有效率，也能为教学生涯的前几年建立一些图书信息的基础。"①

父母在家庭中也是最好的老师，钱伯斯的上述这段文字，对于那些渴望成长的父母来说，无疑也是适用的。

----

① 艾登·钱伯斯. 打造儿童阅读环境. 许慧贞，译. 北京:北京联合出版公司，2016:177.

新教育认为，没有教师的专业阅读，就无法造就真正的教师。如果说，一个人的精神发育史就是他的阅读史，那么，一位教师的阅读史，不仅是他的精神底色，也是他的教育蓝图。为此，新教育主张教师要有"吉祥三宝"：专业阅读，站在大师的肩膀上前行；专业写作，站在自己的肩膀上攀升；专业交往，站在团队的肩膀上飞翔。其中，专业阅读是最基础最关键的行动。

专业阅读能让教师发现更好的自己。正如"中国教育报2015年度推动读书十大人物"冷玉斌老师所说的那样，书好像一面镜子，把书读进去，在书中可以看到自己，照出自己，最终让每个人都有"表情独特的脸庞"。李镇西之所以被誉为"中国式的苏霍姆林斯基"，与他几十年如一日追随大师的思想有很大关系。他几乎读完了国内所有苏霍姆林斯基的著作，还专门去苏霍姆林斯基曾经担任校长的帕夫雷什中学"朝圣"。他的话语体系、行为方式、成长路径，都形成了自己的特色与风格。

专业阅读是名师成长的有效路径。优秀教师是读出来的、写出来的。阅读能够帮助教师实现精神突围，提供反思和提炼的能量。浙江省特级教师闫学说："我的成长史就是完善知识结构的阅读史；我的成长史就是笔耕不辍的写作史；我的成长史就是课堂实践磨炼史；我的成长史就是持续反思的研究史。"教师真正意义上的成长与发展，教师的教育智慧来自人类那些最伟大的著作。一个不读书的老师，不可能在教育教学实践中迸发出新鲜的灵感和思路，也根本谈不上做有价值、有意义的教育反思和教育写作。

专业阅读的教师对学生的影响是温暖而持久的。教师是教学生学会阅读最关键的引路人。拯救阅读，应该从拯救教师阅读开始。领读儿童，教师要先领读自己。要认识到无论处于多么不如意的教育环境，无论所面对的是怎样令人焦虑的教育现实，都应该通过专业阅读，让自己丰富起来、温润起来、强大起来，站在大师的肩膀上前行。

有一位老师新到一所小学当班主任，发现这个班的学生在早读时间很吵闹，而且迟到的人很多。开始，她试图用批评干涉的方法改变学生，但都不见效。新的一周开始后，这位班主任每天早早端坐在讲台前，旁若无人、声情并茂地朗读自己喜爱的作品。老师的行为引起了学生的好奇，一些同学被老师的作品所吸引，另外一些同学则回到自己的座位，拿出了课本和自己喜爱的书。一个月后，班上再没有迟到的学生，教室里响起的是老师和学生们的读书声。

推动教师专业阅读，关键在于教师的自我觉醒和自我行为。正如周濂先生所说的那样："你永远无法叫醒一个装睡的人，除非他自己想醒来。"当然，当外部推力和内在响应二者同节合拍时，教师的专业阅读就会步入快车道。学校、区域层面可以在以下三个方面对教师专业阅读施加影响:其一，营造专业阅读氛围，让教师有兴趣读。最好采用共读的方式，让大家一起读像《读书是教师最好的修行》之类的书，激发大家的阅读热情。其二，搭建阅读分享平台，让教师有动力读。当教师有了一定的热情后，可以坚持共读与自读并行，让教师有一定的选择权。同时，积极创造条件，让教师的读中所得被看见，增加教师的阅读获得感。其三，优化专业阅读结构，让教师有营养地阅读。教师专业阅读的根本任务，是构造一个知识结构合宜的大脑。专业阅读必须回到对根本书籍的研读中来，恢复原初思想的能力，恢复重新面对根本问题，并从根本问题出发思考当下问题的能力。因此，阅读教育经典，与过去的教育家对话，是教师成长的基本条件，也是教师教育思想形成与发展的基础。教师聚焦自己的教育地图，走出阅读的"舒适区"，站到精神的最高处，就能看到开阔、纵横的无限空间，看到更加丰富的人生层面。

（三）引领亲子共读的父母

家庭是人生永远离不开的一个场所，是人生最重要、最温馨的一个港湾。阅读的种子，是在家庭中播下的。营造书香校园，迫切需要新父母们加入其中，和学校一起带领孩子创造共读共写共同生活的奇迹。

一是要帮助父母树立正确的阅读观。秘鲁作家略萨说："阅读把梦想变成生活，又把生活变成梦想。"一个家庭的梦想，只有借助阅读的力量，才能到达幸福的彼岸。很多父母都担心，孩子们的课业负担很重，再让孩子大量阅读，会影响学业成绩。其实，教科书只相当于"母乳"。不喜欢课外阅读的孩子，往往知识面窄，生活枯燥，学习兴趣寡淡，学习成绩自然也不会太好。而且，越往后走，学习会越古板、思想会越僵化。2018年《国际成人阅读能力调查报告》指出："阅读能力比学历高低更能准确预测一个人在职业生涯中的发展。"履行养育责任，不仅要让孩子吃饱穿暖、身体健康，而且还要让最美丽的童书与最美丽的童年相伴。

二是要指导父母当好孩子精神文化的"守门人"。孩子读什么书，就会成为什么样的人。儿童的阅读有很多关键期。每个时期的入口处，都需要成人特别是父母给予必要的引导。一方面要有选择地把最适合的经典书籍带到孩子身边，避免内容枯燥乏味、价值观扭曲的读物，对孩子的心灵造成压抑和伤害。另一方面要屏蔽信息时代手机、电脑和电视带来的不良信息的干扰，防止孩子对电子化的碎片阅读形成过度依赖。"守门人"

当不好，就可能错失孩子自我学习和成长的机会，这是对孩子时间和兴趣的双重"谋害"。关注孩子读什么书、交什么友、做什么运动，应该成为父母们为孩子守门的三道关口。

三是要引领父母在亲子共读中与孩子一起成长。引导孩子成长，应该努力完善自己，使自己成为身心健康的人。阅读是帮助父母成长最廉价、最便捷、最有效的路径。父母不热爱阅读，孩子也很难爱上阅读。因此，要想孩子成人成才，父母要挤出时间陪孩子读书，腾出柜子给孩子装书，养成习惯陪孩子坚持。无数事实表明，童书曾经改变过许多错过了阅读关键期的成年人。借助童书，父母的童年被唤醒，并与孩子的童年产生共鸣，找到家庭教育的密码。江苏如东实验区一位叫高山的"故事爸爸"，在女儿读幼儿园的三年里，先后为孩子购买了700多本绘本或故事书，自己购买并阅读了100多本关于亲子共读、心理学、家庭教育等方面的专业书籍，写下了10多万字的家庭教育心得，一家人在亲子共读中获得了一种全新的家庭生活方式。

在这个方面，新教育实验也做了许多有益的探索。新教育有一个非常重要的理念：共读共写共同生活。只有共同阅读，才能拥有共同的语言、共同的密码、共同的价值和共同的愿景，才能避免成为生活在同一屋檐下的"陌生人"。新教育的老师，经常通过写书信、便笺的方法给父母推荐亲子共读的图书，并且与父母一起分享他们的阅读心得。山东临淄的一位父亲因此和孩子一起读了许多书。这位父亲是当地一名企业家，在孩子上小学前，他基本上是一位"影子父亲"，晚上回家孩子已经睡觉了，早上孩子上学时他还在睡梦之中。因为新教育的亲子共读要求父亲不能够缺位，他和女儿开始了真正的阅读生活。走进阅读，他才发现了阅读的美丽，才找到了与女儿的共同语言。

创造良好的家庭阅读氛围，也是培养孩子阅读兴趣的重要路径。父母是孩子的老师，更是孩子的榜样。想让孩子阅读，父母首先就要做阅读的榜样。优秀的父母一定是善于阅读、勤于学习的父母。北京第二书房的刘称莲就是这样一位母亲。她本来是一位中学教师，从怀孕开始，她就大量阅读教育的书籍，尤其是家庭教育的图书，从蒙台梭利、卢梭、苏霍姆林斯基到孙云晓、卢勤，并且先后参加了"家庭教育指导师""走进青春期工作坊"等多个培训班，自学了心理学以及萨提亚等课程。她说，父母是一个特殊的职业，"一旦从事这个职业，就终生不能辞职，且要24小时全天候在岗，没有人领导却最不自由，看似没有规则却工序复杂，还充满了不可确定性。"所以，要想成为合格的父母，就需要不断学习。

优秀的父母不仅自己要阅读，为孩子做表率，而且要努力打造一个"书香门第"，为孩子创造一个良好的阅读氛围，建设一个美好的精神家园。刘称莲认为，孩子都是喜欢读书的，因为他们对这个世界充满了好奇，而阅读正好可以满足他们这一天然的渴望。所以，"父母要做的只有两点：一是让孩子有书读，二是让孩子读到书"。在孩子上幼儿园的三年里，她每天给女儿读书。女儿上小学以后，父母就买来许多带拼音的有趣的小学生读物，还有《米老鼠》等杂志，随意地放在女儿的写字桌上、床头，或者家里的饭桌和沙发上，目的就是引起女儿对书的注意，"诱惑"她去读书。女儿读中学以后，他们为女儿买来大量名著，还为女儿订阅了《读者》《中国国家地理》《青年文摘》《北京青年报》《博物》等一大批报刊，拓宽她的视野。即使在紧张的高三复习应考阶段，女儿的阅读也没有停止过。最后，女儿顺利拿到了北京大学和香港大学的录取通知书，她自己也撰写了《陪孩子走过小学六年》《陪孩子走过初中三年》和《陪孩子走过高中三年》等畅销书。"养成读书的习惯，等于在孩子的心里装了一台成长的发动机。"一位教育专家曾经说的一句话，成为刘称莲家庭教育的座右铭。①

---

① 刘称莲. 陪孩子走过小学六年. 北京：北京联合出版公司，2016：50，62.

（四）修炼首席领读者的校长

校长对阅读的热爱与引领，无疑是其天赋难违的角色使命。甚至可以说，校长阅读的状况既决定其理解与诠释教育内涵的水准，也决定着其规划与管理学校发展的眼界。不管是放眼世界，还是观察周围，凡是办学较为成功的学校，尤其是那些中外名校，校长都喜爱阅读，进而能够指导阅读，并且大都是善于著书立说的人。如果校长自己与教科书之外的书本无缘，不喜欢阅读，更不知道阅读对包括自己在内的学校全体师生精神成长的重要性，这在学校教育的世界里恐怕是最荒谬不过的事。

新教育认为，校长的书柜里装着学校的未来，校长阅读的广度和深度决定着学校的高度，校长理应是书生。对校长这个特定的人群来说，他们阅读的出发点与归宿是为了理解教育，明白管理，做视野宽广的卓越教育管理者。理解教育，才能真正引领学校，让学生在教师的激励与帮助下既成人，又成才。明白管理，才能真正办好学校，让学校中的人、财、物等各项资源的配置效益最大化，效率最优化。校长需要通过不断地阅读，练就一双能识得教育与管理真谛的慧眼。而且，要做一位具有持久影响力的成功校长，必须坚持长期的高品质阅读，才能在自己的思想仓库里备上充足的智慧锦囊。

　　做书香校园的首席领读者，校长要为自己准备好一张"阅读地图"。这张地图至少要包含以下四个基础板块：一是人文与哲学。所有的教育问题最终都是哲学的问题。如果校长不去考虑普通哲学的问题，就不能批判现行的教育理想和政策，或者提出新的理想和政策。二是美学与艺术。艺术教育是碎裂学科的黏合剂，是倦怠时刻的兴奋剂。校长阅读涉猎美学与艺术，就会形成看待世界的第三只眼，找到开启世界的另外一把钥匙。三是教育与教学。这是教育管理者安身立命的地方，理应作为校长阅读最核心的部位。只有管理者对教育、学习的本质形成了清晰的认知，才可能带领老师让学生持续地体验到解决问题的愉悦感。四是文化与管理。校长关注学校的文化与管理，才能更好地建设价值驱动型学校，从而形成优质教育群落，引导学校成员过一种幸福完整的教育生活。

　　河南省焦作市修武县第二实验中学薛志芳校长，将"读好书、做好人"作为修身养性的准则，视读书为不可或缺的生活常态，个人的阅读量每年都在100本左右。在他的影响带动下，学校80％的教师参加了"四棵柳"读书沙龙，沙龙成员至今写成了17000多篇读书笔记、随笔。全校30个教学班，每天上午30分钟的"阅读课"，全部不用老师看班，所有学生都能够在音乐声中静静地阅读。

三、建设阅读资源

（一）推介适切的阅读书目

美国学者霍尔在1901年出版的《如何教阅读》一书中曾经宣称，阅读有两个根本性的问题：如何教孩子阅读，以及他们应该阅读什么。他认为，这是两个"最古老、最复杂和最重要的教育学难题"。

我一直认为，在某种意义上可以说，内容比方法更加重要。也就是说，应该阅读什么比如何阅读更加重要，阅读的高度会影响精神的高度。阅读那些伟大的著作，人们就能够接受优良而伟大的文化传统的熏陶，就能够受那些英雄和榜样的影响，"过上无私奉献的生活并树立崇高的理想"。而阅读那些低级庸俗腐朽的书籍，也会导致人们在"心智上和道德上发生前所未有的堕落"。

1. 以阅读经典对话大师

从阅读内容的角度来看，阅读经典无疑是最好的选择。把最美好的东西给最美丽的童年，尽早而适切地让学生阅读经典、对话大师，一直也是新教育实验的阅读主张。

经典之所以是经典，往往在于它的原创性和独特性。经典是真正的光源。真正伟大的经典往往被称之为"元典"，它们不仅仅早于其他经典，而且总是能够为其他经典提供思想的母题与源泉。真正的经典其实也是有生命的，能够繁衍后代的。一部经典的特别之处，是它在文化传承与延续的过程之中始终有着自己的基因，我们总是能够在古代或者现代作品之中找到对于它的"某种共鸣"。经典是时间这位批评家向我们提供的建议，是经过时间大浪淘沙般的检验选择出来的书籍。

在中小学阶段，阅读经典有着特别的意义。经典就像一粒埋藏在我们心里面的种子，总是要发芽开花的。童年时代读的书都是"预言书"。真正的经典，会有一种特殊效力，"它本身可能被忘记，却把种子留在我们身上"，会变成我们的个人或者集体的无意识藏在我们的记忆深处，在我们的思维方式和想象力中呈现出来。

当然，经典不是绝对真理。在今天看来，经典有时候甚至会有一些明显的错误和硬伤。但是，往往那些经典的错误，也是常常引起人们思考的原点，经典是我们认识世界与人生时经常绕不开的东西。在绝大多数学科，有一些经典是永远绕不开的。所以，读经典，应该尽可能读原著，直接向大师学习，而不能抛开原著而本末倒置地去读那些第二手、第三手的所谓心得、解读、教辅一类的书。在通常情况下，我们不要相信那些自称自己比文本自身知道得还多的"中间人"，不要满足于读导言、参考文献。还是尽可能直接走进经典。经典的阅读是生长型阅读，是需要付出艰辛努力的精神成长，是通往心智生命成熟的重要途径。

当然，阅读经典，并不意味着绝对不能够读二手书，不意味着不能够进行时尚阅读、快餐阅读和休闲阅读，因为这样的"生活阅读"同样能给人以精神的愉悦。对于初学者来说，借助二手书、解读本等"中间人"作为桥梁走进经典，也是未尝不可的。经典阅读是奠基、植根，是播撒灵魂的种子，呵护精神的胚芽，在这个基础上我们当然不排斥认同、濡染、净化时尚阅读、快餐阅读和休闲阅读。我们应该鼓励把碎片化时间充分利用，通过各种媒介进行快餐化的阅读，也鼓励师生根据自己的阅读兴趣进行个性化的阅读，以及放松心灵、舒缓压力、消磨时间的休闲阅读。

2. 从经典著作到核心知识

如果说一部部经典著作是一根根丝线，穿越了时光，将读者和作者紧密相连，那么一个个书目就是一张张大网。书目之网为读者打捞的，正是人类文明史上的那些历久弥新、永放光芒的核心知识。核心知识内化就能形成一个人的核心素养，阅读正是这一内化过程的关键一步。

　　许多新教育同仁都知道，早在1993年我担任大学教务处处长时，就在苏州大学建立了大学生必读书制度；1995年，我邀请了若干专家学者，全面启动了书目研制工作，并于2005年发布了大、中、小学生和教师等系列书目，出版了《新世纪教育文库》。这是中国第一个系统的基础阅读书目，著名学者于光远先生当年评价说：一个书目的价值绝不亚于一条高速公路。

　　1999年，新教育实验在江苏常州武进湖塘桥中心小学萌芽，我走进这所农村学校讲课、收徒，最重要的工作就是指导校长、教师、学生、父母进行阅读。2010年，新教育在北京创办成立了新阅读研究所，作为一个专业的公益机构，使命就是研究和推广阅读，研制共读书目，研发阅读课程。

　　无独有偶，也是在2010年，美国学者艾瑞克·唐纳德·赫希出版了《造就美国人：民主与我们的学校》。他作为核心知识运动的主要创始人和代表性人物，在美国发起了一场颇有声势的核心知识运动。

　　赫希教授分析了核心知识与文化素养的内在关系，认为阅读是拥有核心知识的关键所在，是文化素养形成的路径。只有共同的阅读，掌握共同的核心知识，才能拥有共同的语言和密码、共同的价值和愿景，形成共同的文化，并且对于推进教育公平同样不可或缺。所以，共同的阅读是造就美国人的前提。

也正因为如此，赫希主张学校教育需要核心知识的教学，需要把各学科的核心知识具体化。他主编的《新文化素养词典》就明确列出了美国人应当掌握的知识和技能的基本要点。

美国麻州大学教育领导系主任、新教育研究中心主任严文蕃教授对我说，新教育实验做的工作与赫希教授在美国做的工作非常相似，"你们是在做一项'造就中国人'的工作！"20多年来，新教育人一直用心地探索阅读的内容问题。东方、西方在阅读研究上的这番不期而至的相遇，可以称为同一个时代赋予人们的共同使命。

从2010年开始，到2019年，历时九年，新阅读研究所组建了多个专家项目组，完成了以幼儿、小学生、初中生、高中生、大学生、父母、中小学教师、企业家、公务员9大书目构成的《中国人基础阅读书目》。书目陆续发布以后受到媒体和专家广泛赞誉。曾荣获国际安徒生奖的曹文轩教授等称其为"中国最好的儿童阅读书目"，"虽然可能有遗珠之憾，绝对没有鱼目混珠"。这9个书目，面向全社会的9大群体，是我们对全民阅读的研究与行动。

对人类思想的进化和个人思想的发展而言，从信息到知识再到智慧，就像一个金字塔，它是精神与智力逐步升级发展的过程。唯有通过书籍阅读，我们每一个人的智慧才能一步步地通往精神的"金字塔"之巅。将每一个人的智慧汇总起来，才能体现我们这个时代的精神高度。

可以说，我们所推进的书目研制工作，正是对信息时代背景下核心知识的一次梳理；我们推动的围绕书目开展的阅读工作，正是对信息时代背景下核心知识的努力传播。

3. 从学科阅读书目到项目研究阅读书目

2016年开始，新阅读研究所再一次组建团队，研究《中国中小学学科阅读书目》，这是涉及中小学所有的学科教师、学生的基础阅读书目。目前已经先后发布了中小学的数学、语文、艺术、历史、化学等学科阅读书目，学科书目的研制工作已基本完成，相关成果将陆续出版。

通过学科阅读书目，我们希望能够打破当下仍然比较狭隘的阅读观。尽管这些年来阅读越来越受到重视，但阅读很多时候依旧被限制在语文领域。传统的阅读路径与阅读模式，让很多人将阅读概念的内涵与外延狭窄化，更多地偏向于文科，特别是文学的阅读。

在校园里，学科的学习被细化、窄化，学生的阅读，是以一条条细弱的线状与学科学习匹配。有些学科被关注得多一些，阅读状况好一些，线就粗一些；有的学科，学生的阅读除了教科书，几乎处于零起点。这样的阅读零散且无目标，难以支撑学习的持续与深层发展。

学科可以分设，知识可以分类，学习可以分期，但人的精神成长的需求却不能分割。中小学生的精神成长中，特别需要精神养分搭配全面的、成体系的阅读，特别需要学科内在知识与精神的相互融合与共同滋养。

目前中小学开设的任何一门课，甚至包括一些该开未开的课，都可以借助阅读实现学科与学科之间的彼此融合，借此触摸到各门学科的文化与精神。所以，中小学学科阅读是学生阅读发展的大趋势，也是奠定未来发展的基础。

近年来，以解决问题为主的项目式学习已经成为国内外教学改革的重要方向。项目式学习是一种以学生为中心，以解决真实情景中的问题为目标的教学方法，它主张让学生像科学家研究、工程师制造那样去探究，在解决问题的过程中学会如何获取知识、加工知识和运用知识，如何计划项目以及控制项目的实施，如何加强小组沟通和合作等，全面培养学生的科学素养，包括合作能力、交流表达能力、领导能力、批判性思维、创造性思维等。

为了适应项目式学习的需要，2019年开始，新阅读研究所启动了《中国中小学项目研究阅读书目》，就中小学生进行项目式学习提供阅读书目，包括航空航天、大气科学、电影、戏剧等

20余个书目在内的项目已经基本完成。

我们在第二章提到，项目式阅读有三种类型：一是学科知识融合型的项目阅读，二是成长经验引领型的项目阅读，三是社会生活统整型的项目阅读。

我们正在研制的《中国中小学项目研究阅读书目》主要属于第三类，新教育倡导的大人文、大科学、大艺术课程主要属于第一类。不同学校开展的各种项目研究，都应该高度重视阅读问题，都可以研发相应的书目，为学生的各种项目学习奠定基础。

新教育研发的三大系列书目，为全民阅读提供了地图，尤其对于中小学教育和儿童阅读来说，更是从不同侧面、不同深度，搭建了坚实的阶梯。在三大系列书目之间，又形成了基础阅读、学科阅读、项目阅读这一系列由浅入深的阅读梯次，为儿童阅读的后续发展，提供了有效的支持。

此外，我还和中国相关领域的专家学者主持研发了中国第一套面向中国盲人的有声阅读材料和听读工具，为弱势人群的阅读起了推进作用。同时，我们还正在研发《中国特殊教育儿童基础阅读书目》。

书目研制工作，从新教育实验一开始就在紧锣密鼓地进行之中。不仅新的书目正在研制，旧的书目也在不断修订。我们既可以说，这是一场永无止境的探索；我们更必须说，这是一项必须承担的天命。因为，面对新时代信息大爆炸的挑战，我们没有任何退路。

各新教育实验区、学校要把书目的推介作为营造书香校园的基本任务，让更多的人按图索骥，遇见适合自己、带来最大启发的好书。与此同时，要根据时代发展的趋势和本地本校的实际，对现有书目进行适度增删，形成契合度更高的精神生命成长的"营养菜谱"。

在推荐相关书目的时候，教师可以根据需要为学生编写相关的导读手册。导读手册是中小学生阅读的"地图"和"指南"，是他们穿越每本书、每个阅读主题的阶梯。它以经典的儿童读物为范本，根据儿童的认知特点和现代阅读观念，全方位挖掘书中的语言、人文、美学的价值，注重用游戏化、活动化的全新方式，设计相配套的形式灵活的阅读任务。这些阅读任务包括讨论、想象、表演、多形式阅读、剧本创作、动手做，甚至游戏等，把读书与听、说、议、讲、想、编、写、画、演、做等结合起来。

如江苏海门吴建英校长在编制的《〈夏洛的网〉共读手册》中，设计了"人物点击"游戏、分享感人片段、探究话题、仿写摇篮曲、给主人公威尔伯写一封信、与好朋友分角色朗读表演等阅读任务。这样的导读手册，让孩子阅读时更有方向性，引领着他们尝试着和书中人物或作者产生思想上的碰撞，并对自己读了什么、懂了什么、想了什么进行审视和思考。

编制导读手册可以设置兴趣导读、作品扫描、阅读计划、作品研读、作品延展等主要模块，以帮助儿童运用预测、图像化、找重点、联结、提问、推测、转化、监控等阅读策略进行阅读，构建出理解作品的脉络，与同伴一起阅读、分享、探讨、思考、感悟，将阅读的积淀融注到一个个生命个体中，形成持久的学习力、思考力和表达力。

（二）添置充足的阅读书籍

丰富的图书储备是阅读行动的基本保障。德国作家黑塞说："只有当书籍将人带向生活、服务于生活、对生活有利的时候，它们才拥有了一种价值。"让师生过上"书式"生活，需要把数量足够、质量上乘的书籍带到他们身边。

当下，中小学藏书普遍存在着虽然数量达标但复本过多、质量不高、借阅不便的问题。有些学校要么无书可读，要么书不适合学生读，要么不让学生借书读，要么管理人员不懂如何让学生读，要么开放时间短无法满足所有学生借书等问题。

教育部印发了《2019 年全国中小学图书馆（室）推荐书目》，其中明确要求，中小学藏书量不得低于小学 25 册 / 人、初中 35

册／人、高中45册／人的标准，且图书复本量合理，满足师生借阅需求，图书馆（室）每年生均新增（更新）纸质图书应当不少于一本。建议各地要创新图书选购模式，尽可能还师生的选择权。

江苏海门正余初中的李晋校长，添置图书时总是先让老师和学生自己开书单，写出他们"想要读"的书，然后由学校统一购买。有一次，一位学生直接找到李校长，说要读东野圭吾的书。李校长说，学校"点点书吧"里不是有好多书吗？那位学生说已经全看完了。李校长暗自惊喜的同时，让这位学生把还想看的书全部列出来。第二天，这个学生将包括东野圭吾著作在内的一张清单送到李校长的案头。李校长很快就按这份书单，帮助这个学生买到了需要的书。

新教育实验特别强调在班级书柜里为学生配置足够的图书资源。不少实验区、校探索出了通过从图书馆里流动一点、学生家庭众筹一点、同伴互助共享一点、往届学生捐赠一点等办法解决书源问题，既满足了学生的阅读需求，又保证了图书种类的不断增多。陕西安康汉滨区培新小学的陈杉杉老师，在"花儿朵朵班"开展了"小书袋"漂流活动。首先由父母们结合学校阶梯阅读书目和各大名校推荐书目确定"小书袋"装什么书，然后所有图书由家委会统一购买，为每一个小书袋配装5本图书以及"阅读公约""阅读记录卡"，在期末庆典上举行放漂仪式，每半个月轮换一次。这样保证了每个孩子小学六年至少读完432本书。

（三）研发卓越的阅读课程

近几年来，无论是课标还是教材编写，都将阅读放到了至关重要的位置。《义务教育语文课程标准（2022年版）》明确要求学生"学会运用多种阅读方法，具有独立阅读能力"，并规定第一学段（1至2年级）、第二学段（3至4年级）、第三学段（5至6年级）、第四学段（7至9年级）的课外阅读总量应分别不少于5万字、40万字、100万字、260万字。《普通高中语文课程标准（2017年版2020年修订）》规定，学生应"学会正确、自主地选择阅读材料，读好书，读整本书……必修阶段各类文本的阅读量不低于150万字"，"学习多角度、多层次地阅读，对优秀作品能够常读常新，获得新的体验和发现……选择性必修阶段各类文本的阅读总量不低于150万字"。从课程标准的规定可以看出，阅读已经是整个语文学习的有机组成部分。当然，虽然语文课是推动学生阅读的主渠道，语文教师有引导学生阅读的得天独厚的条件，并承担着推动阅读的主要责任，但推动阅读并不只是语文课程、语文教师的责任，而是与全部课程的实施都有关联，是所有学科教师的共同职责。

20多年来，新教育人在继承中创新，研发了许多行之有效的阅读课程。如银河实验小学就研发并实施了一系列阅读课程——以校园十大主干道为载体创生的十品性课程，以儿童课程为核心的入学课程，植根于学校文化的农历课程等。这些课程都是建立在阅读的基础上的。这些阅读课程的研发，既是对国家课程的重要补充，也是对生命发展的主动应和。银河实验小学把最好的时间留给了阅读，将阅读排入课表：每天学生一到校，便是20分钟的自由阅读。每周两个早上进行晨诵；每周三中午为整书共读时间；每周一下午走班课程时间安排影视阅读。学生每周合计在校阅读总量达260分钟。此外，回家阅读每天不少于30分钟，校外周阅读时间不少于210分钟。保守估算，学生每学期平均阅读量低段约100至300万字，中段约500至600万字，高段约1000至1500万字。在许多新教育实验学校，小学生阅读量是教育部规定的阅读量的近10倍。有些学校还把学生阅读情况制作进电子成长档案，被父母誉为"值得珍藏一生的礼物"。

这里，我们重点介绍一下新教育的特色阅读课程。

1. 晨诵、午读、暮省课程

众所周知，新教育晨诵从2000年正式启程、午读从2005年重新规范、暮省作为"师生共写随笔"的行动路径在新教育诞生之初已经推出，在2007年山西运城新教育年会上，我们将三者结合为"晨诵、午读、暮省"的新教育儿童生活方式正式发布。如今，经过多年实践后，我们对其进行了修订与完善。

（1）晨诵 —— 让生命歌唱

晨诵课程开始于2000年。这一年，我们编辑出版了《中华经典诵读本》和《英文名篇诵读本》，并且在湖塘桥中心小学等部分学校开始了新教育的晨诵实践。2016年，我们正式提出了新教育晨诵的理论体系、操作纲要，编写出版了从幼儿园到高中共26册《新教育晨诵》读本以及《让生命放声歌唱 —— 新教育实验晨诵项目用书》。

新教育晨诵，特别强调诵读和叩问。我们将过去"与黎明共舞"的项目宗旨，修订为"让生命歌唱"。我们摒弃知识化的传授方式，而以叩问的方式，使蕴含积极力量的语言文字，以一种直呈式的浪漫形式涌入心灵，成为激发创造的力量，让师生的生命在应和经典中，开始讴歌属于自我的灵魂。

应该说，在理念和操作上，新教育晨诵与中国古代蒙学、读经（经典诵读）运动、华德福的晨诵、一般诗歌教学等各类诵读活动，分别有着部分内容和形式上的相似，但在本质上更有诸多不同。

　　第一，和中国古代蒙学相比，新教育晨诵与中国古代的蒙学教育的优秀传统一脉相承，重在行为习惯、核心素养的养成，适度提供适龄的相关知识。但新教育晨诵更强调诵读内容的经典性，强调把最美的诗歌给最美的童年，把最合适的经典给最适龄的时光，强调阶梯式递进，从儿歌、童谣起步，逐渐过渡到童诗、古诗词等其他经典。

　　第二，和读经运动相比，新教育晨诵汲取了传统的读经运动中强调内容的经典性以及大声朗诵的经验，但新教育晨诵更重视所选诗歌的内容与儿童当下的生活经验与生命体验的联系，强调激发当下状态，调适当下心态，丰富当下的生命，以阅读养成一种诗意的生活方式。

　　第三，与华德福的晨诵相比，新教育晨诵汲取了华德福晨诵的仪式感，让诗歌的精神力量通过仪式放大。但新教育晨诵不是每天诵读相同的诗歌，而是一门相对体系化的完整课程。

　　第四，和一般的诗歌教学相比，新教育晨诵和诗歌教学相同之处在于，所选择的诗歌内容都是符合儿童认知水准、吻合课程需求的。不同的是一般的诗歌教学强调知识的准确理解，晨诵则强调内容的浪漫感知；诗歌教学是语文教师的工作，新教育晨诵则可以由所有学科老师和父母主持。

　　第五，与传统的早读相比，新教育晨诵更是有着明显的区别。在内容上，传统早读的内容多为语文课文，而晨诵的内容则以优美的诗歌以及散文片段为主；在目的上，早读的目的主要是记忆，而晨诵的目的是让诗歌与孩子建立起关系，丰富学生的心灵，记忆是次要的目标或者说是前提性的目标而不是终极目标；在方式上，早读是以学生自读为主，以重复为手段；晨诵是在老师的指导下，通过创设情境，通过师生共读特别是个体吟诵来进行。

当然，一个最根本的标志，就是新教育晨诵不是以诗为中心，而是以人为中心。

无论是传统晨诵，还是传统的诗歌教育中，随处都可以见到对诗歌的关注。从准确理解诗歌的字、词、句，到深入了解作者的生存状态，再到详细还原诗歌的创作背景……因为以诗为中心，我们在很多诗歌读本中，无论是教材还是诗集，我们都常常能够看到一个称之为"赏析"的板块，这一内容的重要使命，就是欣赏和分析诗歌。这是以诗歌为主体必然发生的现象。

新教育晨诵以人为中心，自然而然地，一切应该观照的是人，观照的是生命本身。为此，我们在研发《新教育晨诵》系列图书时，特别针对每首晨诵诗进行了"思与行"的写作。这个板块一方面解读诗歌内容，更重在结合诗歌内容，提出问题、叩问读者，激发读者以自身生命联系诗歌进行思考，将诗歌与读者进行编织，让诗歌真正深度滋养心灵。

同时，在每个晨诵课程中，开篇以导语进行主题简介，便于读者把握重心，在结尾设有"主题拓展"，将单一的诗歌诵读与学习、生活结合，推荐阅读相关图书、建议组织相关活动，将诗歌与生活紧密形成整体，进一步加强从知识到素养的转换。

为了保障"以人为中心"能够得到贯彻，新教育晨诵课程研发中，必须坚持以下四条原则。

一是吻合儿童的身心发展的需求。一般来说，幼儿阶段的生活与环境、小学阶段的自我与世界、初中阶段的青春与友谊、高中阶段的理想与人生，是儿童在发展的不同时期关注的重点。新教育晨诵中诗歌内容的选择，是紧密围绕儿童在不同时期的心灵需求来进行的。如爱与被爱、归属感、安全感、成就感等，就是不同年龄儿童共同的需要。

二是吻合诗歌的学习特点。从儿歌、童谣到童诗，从白话文到古文，从五言到七言，从单一内涵到多重内涵，以及谜语诗、藏头诗等不同诗歌形式，注重诗歌的从易到难，同时关注诗歌的画面感与情感表达。新教育晨诵的内容选择，也遵循了诗歌自身的发展规律。

三是吻合生活的情境变化。根据四季的转换、气候的改变以及各类节日庆典、营地活动或运动游戏等不同情境，进行主题的安排与诗歌的选择。新教育晨诵特别强调诗歌要与当下的生活相得益彰。

四是吻合学校的学习节律。未入学时的向往期、新入学的适应期、每年开学的激励期、毕业阶段的告别期等不同的学习时期，有着不同的教育主题，新教育晨诵也应尽可能顺应这些不同的主题，进行不同角度的引导。

新教育晨诵，就是这样一个以人为中心，以人的幸福完整为目标，扎根传统、立足中国、放眼世界，以吻合儿童的身心发展、诗歌的学习特点、生活的情境变化、学校的学习节律进行选编的童谣、儿歌、童诗、古典诗词、现代诗歌、中外经典著作选段等为主要内容，循序渐进地叩问师生心灵、与师生生命编织的综合课程。

在内容的选择上，新教育晨诵课程特别注重四个方面。一是扎根传统，大力弘扬中华优秀传统文化，对《三字经》《百家姓》《千家诗》《笠翁对韵》《幼学琼林》，以及唐诗宋词、四书五经等传统蒙学的优秀成果，以现代教育理念精心选编。二是立足中国，以印象山水、长江、黄河、民族等不同课程，深刻展示祖国之美，激发家园之爱。三是拥抱世界，以五大洲的文明为谱系，全面而集中地体现不同国家的风情、世界诗歌的特色，激荡全人类共通的思想与情感。四是满足童趣，选择儿童喜闻乐见的活动，甚至儿童自己的诗歌。

新教育晨诵作为一个综合课程，特别具有五大功用：它是一种仪式，叩问自我，激发生命的内在活力；它是一种审美，享受韵律，沉醉于美的熏陶濡染；它是一种感悟，日积月累，调节压力中健全心智；它是一种唤醒，共读共情，创造幸福明亮的状态；它是一种传承，中外古今，汲取人类文化的精粹。

新教育晨诵的主要形式有日常诵诗和情境诵诗。日常诵诗是指在一个相对固定的时间内，通常选择在早晨，诵读一首诗歌。因为早晨空气新鲜、头脑清醒，易于记忆，时间可控。虽然名为"晨诵"，也并非一定局限于"清晨"，其他时间也完全可以进行。这些诗歌是经过精心挑选的诗歌，不仅基调上奋发向上，情感上积极纯真，主旨上意蕴悠远，同时还便于儿童理解，从而使儿童在诵读的过程中，不断加深理解，用心灵碰撞诗歌，捕捉诗中的美妙与奥秘，不断加深感悟，从而提炼出新的思考、获得新的力量。一组日常诵诗，并不是简单堆积经典的好诗大杂烩，而是经过反复挑选、按照不同年龄不同主题精心编排的诗歌课程。

情境诵诗则是在特别的日子，或者是特别的场景，有针对性地选择一些诗歌。比如教师节、母亲节、国庆节等节日时，诵读一些写给教师、母亲、祖国的诗歌。又比如随着气候的变化，我们在不同的节气选择关于二十四节气的诗歌，等等。在雨天读关于下雨的诗歌、在节日读关于节日的诗歌，总是能够产生更大的共鸣。

同理，特别值得一提的一种情境诵诗，是生日诵诗。这是在学生过生日时，全班师生为"寿星"送上的一首度身定制的诗。每个孩子都特别喜欢生日诵诗，就是因为这种生日诗，能够让孩子的生命直接与诗歌相连。这首生日诗可以直接根据一首诗改编，比如直接在诗歌的某个地方，把当事人的名字嵌入其中，然后让全班同学一起为他朗诵，也可以是老师或者学生专门为当事人创作的诗歌，同样由大家一起为他诵读。

如何创作生日诗并不重要，重要的是：第一，生日诗一定要吻合当事人的生命特质，适合当事人，并暗含对当事人未来的祝福，富有激励性。第二，生日诗具有"唯一性"，切忌将一首诗反复送给多个孩子，那样这首诗的魅力就会大打折扣。生日是每个人自己的节日，目前生日诵诗也成为最受欢迎和期待的一种晨诵形式。许多老师还把学生日常学习生活中的一些细节表现及作业、作品等拍成照片，和生日诗一起做成漂亮的课件，展示给孩子们。必要时还可以邀请部分父母参加生日诵诗的晨诵活动。在实践中我们发现，当老师、父母送生日诗给孩子，孩子也会送生日诗给老师、父母，就这样在诗的诵读中，新教育晨诵也成为家校共同生活中心灵交流的一种重要方式。

在美好的诗歌里，珍藏着人类最伟大的智慧和最美好的情感。

试想，一个新教育的孩子，从幼儿园的最后一年开始，到高中生活的最后一段时间，每学期16周，每周7首优美隽永的诗歌，2912次沉醉到经典的呼唤声中，用充满激情的声音开启生命的每一个黎明，伴随生命的每一次拔节，这是一件多么美好的事情啊！

擦亮每个日子，呵护每个生命，这是新教育晨诵课程的目标，也是新教育人的心愿。试想，如果中国的学校和家庭，在每一个晨间都回荡着诵读诗歌的声音，那又该是怎样动人的一幕，又该是怎样深刻的幸福？

(2) 午读 —— 共读寻共识

午读课程开始于2005年。这一年，我们推出了中国第一套大中小学生和教师、父母等系列书目，成为午读的重要指导。2006年开始，我们推出了分年级的阶梯阅读课程和新教育童书包。2011年，我们启动了倡导亲子共读、家校共育的新教育萤火虫亲子共读公益项目…… 以一系列举措，不断夯实新教育午读。

新教育午读特别强调共读和共识。我们希望以群体的方式，对经典著作进行共同阅读，在反复讨论中，读者与经典著作形成共识、读者与读者之间形成共识。这种共读和共识不是千人一面的灌输，而是通过每一位师生的独立思考，立足自身个性特质，对同一本书做的不同解读，又在分享、沟通、交流中产生更为丰富的共鸣，以此缔造核心价值观，形成人类命运共同体的自觉认识。

新教育午读，一般是以整本书共读的方式推进。它与中小学的整本书阅读课程有着密切的联系，但又不限于整本书阅读。

《义务教育语文课程标准（2022年版）》明确要求学生"多读书，读好书，读整本书，养成良好的读书习惯，积累整本书阅读的经验"。《普通高中语文课程标准（2017年版2020年修订）》把"整本书阅读与研讨"作为十八个学习任务群的第一个，是必修课程。

整本书阅读课程，是相对于中小学语文课本中单篇课文的阅读而言的，它是以整本书为阅读材料，通过有针对性的阅读策略指导和师生共读、亲子共读等形式实施的一种项目式课程，倡导深度阅读。

叶圣陶先生也早就提出"把整本书作主体，把单篇短章作辅佐"的阅读主张。他认为读整本书有利于扩大阅读空间，使学生对于各种文体都窥见一斑，都尝到一点味道，这样遇见其他的书，也就不望而却步；有利于应用阅读方法，将读课本学到的方法，去对付其他的书，不但练习了精读，同时又练习了速读；有利于养成阅读习惯，激发阅读兴趣，给学生带来阅读的成就感。

新教育午读，从内容上，强调经典又重视个性。我们希望经典读物不断得到擦拭，不断被更多学生认可，我们也同时希望新教育人能够结合每间教室的地域特点、班级特点、成员特点，选择出最适合这群学生当下阅读的经典图书，从而更好地润泽生命。

新教育午读，从形式上，更推崇"一书多读"，综合运用、融入生活。在新教育教室里，对于每个学期进行午读的图书，师生要共同从中选出一本，改编为剧本，排演为生命叙事剧，要求全班同学全部参加，切身体验书中人物的种种情感。对于所读图书的各类活动，更是随处可见。这些丰富多彩的阅读方法，让经典图书和现实生活互相碰撞，激发孩子思考，产生更好的阅读效果。

新教育午读，从本质上，更强调人生镜像和生命原型的寻找与追随。归根结底，我们希望为每个孩子找到适合自己生命的独一无二的那本书，让这本书能够阶段引领甚至一生引领着孩子不断向前。我们强调阅读与行动结合、阅读与生活结合，强调在阅读后对榜样人物的模仿与追寻，在真实世界里的行动。

这是新教育生命叙事理论在午读中的体现。

新教育午读，强调过程性、激励性、创造性、发展性相结合的个性化评价。评价往往是行动的牛鼻子。好的评价能够激励众人自觉前行。在传统阅读中，我们通常以阅读挑战、星级评比、活动成果甚至测验考试等进行评价，这样很难激发学生持久的热情。在午读中，我们期待为每一个不同的读者提供基于读者自身个体的特色评价，也就是重视阅读的过程而不是读后的结果，重视正面赞赏而不是随意批评，重视发挥个体的创造力而不是千人一面的标准答案，重视面向未来的发展而不是当下是否能够考出高分。

新教育午读，从主体上，更突出共读。在共读实践中，新教育强调父母与老师应该成为孩子的阅读榜样与伙伴，主张家校互动，学生、老师、父母共读，一起围绕该书阅读的道德价值、思维价值、语言价值和知识价值等交流和讨论，共同编织一个阅读情境，一起进入阅读情境，一起对话分享阅读感受，在共读中找到共同的语言密码。这是与语文课的整本书阅读一个重要的区别。

新教育午读，从目标上，希望促进独立思考、缔造个人特色，与此同时能够深入沟通、凝聚共识。我们期待学生们通过午读丰富自我、发展自我，能够借助阅读与古今中外的先贤对话，不仅获得精神的愉悦，还能独立思考，形成独特的价值观念和文化人格。同时，我们希望在这个多元化的时代中，师生之间、生生之间、亲子之间，能够通过阅读提升境界，能够在更高远处相聚，形成更多共识，有合作意识，有团结精神，能够共读共行。前者是提升学生的审辨式思维能力，后者是提升社会情绪能力。这也是目前各国比较关心的问题。前者具有"不懈质疑、包容异见、力行担责"的特点，对学生的学术能力、创新能力与终身发展都具有重要价值；后者包括良好的自我意识、自我管理和自我尊重，社会意识和人际关系管理的技能，创意地解决问题和做负责任的决定。这些能力直接影响人的幸福感，是未来人才优胜力的关键组成部分。

掌握了新教育午读和中小学整本书阅读课程的不同之处，不是为了标新立异，而是为了将两者更好地结合，取两者之长，更好地立德树人。

(3) 暮省 —— 内省而内化

暮省课程开始于2002年。最初，我们将它与"师生共写随笔"相结合，指的是学生每天完成学业以后，思考和反省自己一天的生活，用随笔、日记等形式记录下来，师生之间、亲子之间通过日记、书信、批注等方式互相沟通和激励，也可以针对社会中的重大事件进行反思，用文字提升生活的品质，让生活更有意义。对于低龄段的儿童，我们则希望用涂鸦代替文字，进行暮省。

新教育暮省特别强调反思和内省。这是指一个人或一群人对知识进行内化，对遭遇进行思考，以富有个性的深入梳理，回顾、审视、分析、解剖，并在此基础上的自我批评与自我激励，激发行动力与创造力。每个人的一生，都经历着广义的阅读：读书中的内容、读遭遇的人事。暮省是在广义阅读的基础上，立足自己的生活，观照他人的生命，关注当下的社会，关心今天的世界，对广义阅读的内容进行反思和自省。暮省是对外在所获的内化，是高效开展德育的方式，也是一种有效的自我教育方法。

开展暮省课程时，我们主要遵循以下原则：

第一，因阅读内容开展暮省。如班级共读《夏洛的网》后，可以就友谊、生命的意义等问题开展暮省。

第二，因庆典活动开展暮省。如学校的开学、毕业庆典，中小学生的开笔礼、成人礼等，可以就相关的主题，结合阅读《新教育的一年级》等书籍开展暮省。

第三，因班级事件开展暮省。如班级出现自卑的学生遭到歧视、冷落或嘲笑等问题，可以结合阅读《一百条裙子》等书籍开展暮省。

　　第四，因社会新闻开展暮省。如结合神舟十三号载人飞船发射，可以阅读有关航空航天和宇航员的故事，开展暮省。

　　第五，因重大主题开展暮省。如结合中国共产党成立100周年，可以阅读、观看《觉醒年代》《可爱的中国》等电影和书籍开展暮省。

　　第六，因个人成长开展暮省。这应该是最日常最普通也是最重要的暮省内容。暮省，是自己与自己的对话，是思考自己的成长历程，选择自己的人生道路，明晰自己的努力方向，寻求人生的意义的重要历程。真正的暮省应该是结合个人生活经验与生命体验进行的，所以，其余五种暮省的内容也都可以结合个人成长来展开。

　　一般来说，暮省不是阅读研讨会，但有时候暮省会与阅读感悟相伴，这是一种自然而然的融合；同样，暮省往往是一个人的独处时的"扪心自问"，但这不妨碍班级中的小伙伴之间，或家庭里的成员之间，互相分享各自每一天的暮省所得，以互相启发，共同进步。

　　特别需要说明的是，对于学生的暮省，老师可以适当了解情况，但是不要像语文老师批改作文那样。即便在需要批阅时，也不要轻易下断语，不要过分关注写作技巧，而忽视了其他重要因素。应该鼓励学生聚焦问题，打开心扉，展开思考，向纵深推进。同时，暮省一定要尊重学生的隐私，公开学生暮省的内容要非常慎重，一般要得到当事人的同意。对于暮省中反映出来的共同性问题，可以通过班会等活动，由班级共同体开展集体讨论，形成共识。

新教育实验中的暮省在继承了传统教育中的自省文化的基础上，又对其进行了新的发展，并呈现出以下特点。

第一，新教育将暮省与阅读相连，从而让暮省成为对榜样的学习、对知识的内化。一个真正善于暮省的人应该有思想的资源与思考的武器，阅读的内容无论是人、是事，都是在提供着这种资源和武器。否则，暮省就会成为盲目的胡思乱想。可以说，没有广博而厚重的阅读，就很难有深刻而智慧的自省。

第二，新教育把暮省和晨诵、午读相连，让阅读贯穿一天，让阅读真正成为日常生活方式。以时间来整合阅读，通过一天之中三个不同的阅读形式，能够让阅读形成一个有机的整体，更利于培养孩子的阅读习惯，也利于成人在繁忙之中坚持阅读。

第三，作为每日生活的一个环节，暮省不再仅仅是个人偶然的慎独自问，而是已经生活化、规范化和习惯化的一门必修日课。

第四，新教育将暮省与说写相连，从而让暮省成为对所学的迅速运用、对创造的有力激发。新教育实验中的暮省，有意识地加入了更多教育因素，将暮省变成了不只是冥想，而是一种可以取得更好成效的自我教育行为。暮省中的写作与传统语文课的作文有所区别，它主要关注的不是文章的结构与形式，而是以与客观世界对话、与同伴对话、与自我对话为核心；作文则以技巧提高为核心。

我们一直提倡暮省的师生将自己对一天言行的反思，以文字的方式记录下来。真正的思考是从写作开始的，这其实就是充满反思精神的日记。暮省的过程就是自我回顾、自我审视、自我拷问的过程，在写作中反思，伴随着追问、比较、推敲、总结、归纳、梳理……一句话，通过写作的反思，能够使自己成为一个自省的人、自觉的人、自律的人，如陶行知先生所说的"自动的人"。

随着新教育研究的进一步推进，我们在暮省的方法上也在不断创新。近些年来，新教育童喜喜说写课程，成为一种重要的暮省手段。说写，是以书面语言进行有逻辑、有体系的口头表达，通过有逻辑、有体系地提问来进行引领和对话，促使学生结合自身思考回答问题，真正实现以说促想、以说练听、以说带读、以说助写四大功效，最终实现"以说为写、出口成章"的目标。因此，说写能够在不增加学生、教师、父母的任何负担的前提下，迅速实现"听说读写"的系统性提升，在全国各地的几十个省市近百万师生中取得了很好的成效。比如江西定南新教育实验区的定南高中里，高三叶娇美老师开展了7个月的说写课程后，在2020年的高考中产生奇迹，所教班级第一次成为全校第一名，他们的说写课程研究已成为江西省教育厅的研究课题。关于说写以及更多写作的研究，我们在2022年召开的新教育年会主题报告中，做过深入探讨。

总之，新教育暮省的价值是养成反思习惯，引导共同生活，师生（亲子）围绕共同的话题交流、编织有意义的教育生活。

通过新教育的暮省，我们希望协助每个人结合个人阅读与班级共读等养成反思能力，汲取外在美好，让自我充满个性魅力，同时又善于表达沟通，在合作中共赢多赢，让每个人不断自我挑战，不断成为更好的自己。

亲爱的新教育同仁，新教育晨诵，让生命歌唱，是以诗意点燃黎明；新教育午读，共读创共识，是以经典滋养生命；新教育暮省，内省而内化，是以反思提升自我。它们可以在新教育的一间间完美教室里展开，也可以成为新教育学生家庭生活的重要组成部分。它是有效抵御信息时代不良侵袭的良好方法，也是教师、学生、父母创造幸福完整教育生活的有效手段。当我们这样一天天擦亮每一个日子，我们也就拥有了幸福完整的教育生活。

2.　听读绘说课程

在现代社会中，口头表达能力越来越重要了。本来，我们的语文教学，目标就是听、说、读、写的能力培养，听与说，主要是面对面的非文字沟通与表达能力，读与写，主要是运用文字进行沟通与表达的能力。由于考试评价主要集中在后者，而且更多集中在写作，所以听、说、读，尤其是听与说，基本上处于缺席的状态。其实，听与说非常重要。在日常生活中人们使用最频繁的就是听与说。听本身就是一门艺术，如何准确了解别人的真实意图，如何全面把握别人的思想观点，如何让对方觉得我们非常尊重他，非常乐意倾听他的意见，对于我们能否建立良好的人际关系具有重要意义。说当然更是一门艺术，如何清晰地表达自己的思想与意见，如何有效地说服别人接受自己的意图和观点，都是通过说这门艺术体现出来的。而阅读恰恰是培养听说能力的有效路径。把读过的书说出来，把书面的阅读用口头的语言表达出来，无论是复述故事内容，还是续编新的故事，让孩子开口讲书，不仅仅能够培养他们的阅读兴趣与阅读能力，而且能够培养他们的表达与沟通能力。的确，在一个交流与对话日益彰显其重要价值的时代里，还有什么比口齿清晰更能派上用场呢？

新教育的听读绘说项目，是专门为3至6岁儿童开发的整合了儿童阅读、情感、思维表达于一体的特别课程。它把儿歌、童谣、故事、童话、绘本带入儿童的生活，通过儿童擅长的绘画语言和口头语言的倾诉和表达，培养孩子的语言能力和逻辑思维能力，让低龄段儿童的学习力与创造力得到自由发挥。"听"是孩子专注倾听父母或老师根据画面叙述的故事，初步理解内容，也可以回答相关问题。这种亲子或师生共读，是对孩子集中注意力的训练。"读"是孩子在听过之后进一步阅读，主动思考，深入故事情境，是提升孩子阅读能力的训练。"绘"是孩子把听过的故事用图像复述，或接龙，或同主题创作，以涂鸦的方式画出来，增强孩子想象力的训练。"说"是以涂鸦的作品为提纲，孩子用口头语言或者书面语言进行丰富而完整的阐述，是提高孩子表达力的训练。这种整合了图画、语言、文字令孩子喜闻乐见的课程，打开了儿童阅读的另一扇窗，能够充分展现儿童丰富而又神秘的心灵世界。

河南焦作马村区工人村小学赵素香老师每天都会给孩子们讲一个关于生命成长的绘本故事，通过说绘话题，让每个故事都与孩子当下的生命发生联系，希望孩子们在故事中找到自己，找到自己成长的榜样。在此基础上，开启"播下一粒种子，见证生命奇迹"的种植课程，让学生跟踪观察，每天向老师、同学、父母汇报自己种子的生长情况。课程结束的时候，再一起共读

《胡萝卜种子》，每个孩子完成了属于自己的原创绘本《我的花生种子》。

3. 学科阅读课程

学科阅读课程是相对于语文学科阅读课程而言的，主要是针对中小学长期以来过度强调语文学科阅读这一现实情况而专门开设的课程。所谓学科阅读是指发生在中小学语文、数学、英语、物理、化学、生物、政治、历史、地理、艺术、体育等各个学科领域，以中小学生为阅读主体，以各学科所关联的各类符号信息为阅读客体，通过拓展阅读材料、改进阅读策略，促进学科理解、培育学科素养的阅读。

阅读的重要性已经为越来越多的人认识，但是阅读的"偏食"情况仍然比较严重。当下阅读研究的理论与实践，有着明显的语文学科倾向，大量其他学科阅读被忽视，不利于提高中小学生的综合素质。

学科阅读课程的研发具有独特的价值意义。学科阅读能够激发学生学科学习的好奇心与求知欲，帮助学生寻找人生榜样，科学确立志向，推进学生拓展学科视野，理解学科本质。在中小学生的精神成长中，特别需要精神养分搭配全面的、成体系的阅读产品。无论是数学、科学还是艺术，借助阅读积累丰富的学科背景知识，能够推动学科学习的深入有效，实现学科与学科之间的彼此融合。学科阅读比机械的重复练习更能够提高学业成绩，是已经被大量案例证明的事实。

研发学科阅读课程，一要选好阅读书目。新教育正在汇聚专业的力量研制小学语文、数学、英语、科学、历史、艺术、生命七个学科，中学语文、数学、英语、物理、化学、历史、地理、政治、生命、艺术十个学科的阅读书目，为中小学学科阅读提供"专业地图"。我们的学科书目，就相当于学科知识的地基、学科知识的骨架。读者通过对不同学科图书的阅读，可以轻松建构起相应学科的整体知识架构，从而方便接下去的添砖加瓦。二要让所有学科老师都成为真正的"领读者"。如果没有学科老师对于学科阅读的热爱，学科阅读课程很难推进。学科阅读从科任老师开始，跨学科阅读更要从科任老师的本职和兴趣开始，这正是开展学科阅读和跨学科阅读的关键所在。三要创新课程样态。一方面要把学科课堂作为主阵地，通过同步阅读，释放知识的魅力；另一方面要设立"小小百家讲坛""主题沙龙""专题研究""选课走班"等多种形式，不断丰富学科阅读课程体系。

这里，介绍一下新教育实验学校的老师们在不同学科的阅读实践探索。

先看江苏省南通市海门区第一实验小学张海红老师和她的团队所研发的数学学科阅读课程。她认为，每一个数学知识的产生、发展历程中都凝聚着震撼人心的故事和思想。儿童不仅需要学习数学的知识，也应该了解每个知识背后的小秘密以及蕴含其中的深刻思想，因为这些正是引领儿童思维进一步创造的力量之源。数学阅读是帮助学生解锁数学秘密，感悟数学思想的重要路径。通过十来年的探索，他们的团队初步建构了"适宜儿童"的"数学阅读"课程体系，如图：

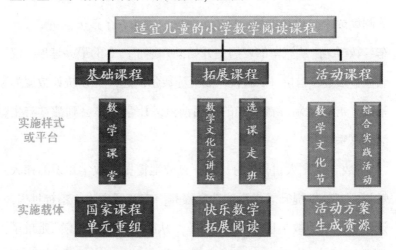

他们的数学阅读课程从"数学文化大讲坛"开始。由骨干教师精心准备数学文化大餐，同时在两个大教室分别开展讲学活动。学生事先根据场地海报的介绍，选择自己喜欢的课题，进行"选修"。

"数学文化大讲坛"可谓百花齐放，有经典数学的介绍，例如《神奇的莫比乌斯圈》，详细地介绍了莫比乌斯圈的来历、变化、应用等，拓展了学生的数学文化视野；也有结合时事介绍数学的应用，如《数学 —— 治疗疯狂的清醒剂》，结合之前发生的日本大地震事件，介绍了震级与能量，又从谣言的传播谈到了指数式增长，还介绍了神奇的地震数，让孩子们体会到了数学在生活中的应用。

"数学文化大讲坛"激发了学生的热情，他们收集整理自己的阅读成果，设计课程，也走上讲坛。例如五个孩子主讲的《汽车与数学》，从汽车的发展史开始，介绍了汽车的最高速度、仪表盘、限速、售价、购置税、油耗等数学问题，并以统计数据为基础，展望了新能源汽车的应用前景，让学生体会到数学与生活的联系。

"数学文化大讲坛"的开展，充分地挖掘了数学知识的伟大魅力，有效地提升了学生的数学素养，丰富了学生的精神世界，让学生明白"数学也可以读出来"，从而让"数学阅读"走进了孩子的视野。

同时，他们紧扣教材，从中挖掘、拓展数学阅读的内容，把数学阅读教学设计在学案中，以课堂为数学阅读课程实施的主阵地，有效地改变了"数学阅读＝课后阅读"的现状，切实减轻了儿童的学业负担。他们的数学课堂同步阅读主要有三种形态：

一是阅读分享课。以苏教版教材中的"你知道吗"为主要课程载体，组织学生先自主阅读，接着分享阅读成果。在分享的过程中提出问题，并以此问题为新的课程资源，进一步开展拓展阅读，例如，张海红老师本人执教的三年级下册第14页"你知道吗 —— 铺地锦"，先组织学生自主阅读，初步了解铺地锦的方法和步骤，接着组织全班分享，重点帮助学生理解铺地锦的算理，最后组织拓展阅读，让学生了解铺地锦的由来，铺地锦演算的普适性，乘法计算工具、方法的演变，进一步让学生明白，随着时代的发展，计算工具会越来越多，计算方法会越来越简化，鼓励学生积极去发现，去创造。

二是补充微课程。即研发与当前知识学习紧密同步的，学生能接受的数学文化史料、数学在生活中的应用实例等微课程，作为课堂教学的一个独立环节。如苏教版四年级下册《认识多位数》一课，组织学生阅读自研微课程"漫话计数法"，了解古今中外不同的计数方法，让学生明白计数方法产生于人们的生产劳动实践需要，也在人们的生产劳动中逐渐完善，是人们的实践智慧，引领学生从小有一双数学的眼睛和一颗数学的头脑，去观察、去思考。

三是参与式阅读。即让学生带着角色意识的体验式阅读，帮助学生更好地进入阅读情境，提升思维的效度。如苏教版三年级上册《认识分数》教学。组织学生参与式阅读绘本《寻找丢

失的 $\frac{1}{4}$ 》，学生一边读，一边解决问题，这是不是它的 $\frac{1}{4}$ ？ 同样是 $\frac{1}{4}$ ，为什么大小不一样？

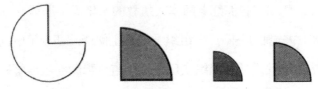

学生在参与式阅读过程中深刻感悟分数与整体的对应关系。

在数学阅读成果的评价方面，他们采用了举办节日庆典的方式来展示数学阅读成果，创办了一年一度的数学文化节。数学文化节一般安排在每年的十一月份。节日期间，开展丰富多彩的数学课外阅读成果展示，有传统的数学小报评比、数学小论文评比、数学阅读大赛、"登攀智多星"团体赛、数学阅读之星评选等活动，也有与时俱进的数学游戏展示，如魔方还原等，还有孩子们自己创作的数学情景剧表演，如《房子变形记》等。

隆重的节日，让每个学生都有机会与古今中外的数学名人进行对话、与数学智慧进行碰撞、与伟大心灵进行交流，真正让学生"多读书，好读书，读好书"，努力打造学生的"数学人生底色"，促进学生数学素养的整体提高，为学生的全面发展和终身发展奠定了基础。

再看艺术学科的阅读。江苏省南通市海门区东洲国际学校陈铁梅老师和她的团队，在这方面也进行了有益的探索。她认为，艺术阅读有助于学生了解古今中外艺术的表现形式和艺术特色，以此贯通人类文明发展历程，感知自然生活的丰富和美好，继而敦促精神正直、良心纯洁、情感富足、信念端正等心灵正朝向的形成。

她推荐给学生的艺术阅读书目主要分为四类：

第一类是名作。例如常书鸿、池田大作的《敦煌的光彩》、傅雷的《世界美术名作二十讲》等等，名作阅读能让孩子们拥有最基本的艺术素养。因为读艺术作品，不仅是在读它们的艺术特色，更是在读隐藏在它们背后的历史、政治、内涵、精神。读多了，"感受音乐的耳朵，感受形式美的眼睛"也就培养起来了。

第二类是传记。例如欧文·斯通的《渴望生活：梵高传》、廖静文的《徐悲鸿传》等传记，让人类文明发展历程被"看见"。让艺术家成为孩子们的生命原型、人生榜样。

第三类是画史。例如叶朗的《中国美学史大纲》、贡布里希的《艺术的故事》等等。读艺术史，也是在读历史绘本。

第四类是美学。例如宗白华的《美学散步》、李泽厚的《美的历程》等等。通过阅读这些书籍，让孩子们了解西方绘画与中国画的差异，如为什么前者用颜料造型，并且将颜料发挥到了极致，而后者却以墨为本，几乎穷尽了墨所能达到的极限？只有站在中西方历史发展、哲学观念、文化传统、性格气质、艺术趣味和自然观等角度，才能理解中西方艺术的诸多差异。

经过筛选，他们初步确定了"东洲国际学校师生艺术阅读框架"，每个年级必读书目6本，推荐阅读书目12本，分别从眼、耳、手、身、心、灵六个层面开展视觉艺术阅读、听觉艺术阅读、触觉艺术阅读、身体艺术阅读、艺术思维阅读和综合艺术阅读。他们把艺术阅读与学校的艺术社团课程勾连成相辅相成的一体，以此培养核心素养的行动者、关键能力的表达者。

通过艺术阅读，孩子们拥有了一双"感受形式美的眼睛"。如黄苏影同学对陈铁梅老师说："陈老师，我在读《百幅名画欣赏》，读到了你没有写到的内容。""我一直在想，顾闳中是如何表现'夜'的，我终于找到了，就是那支蜡烛，而且是唯一一支蜡烛，这就很有深意了。我认为有几层意思，一是确实是在表明时间，而且燃烧了一大半，说明已过午夜；二是它位于画面正中央，那是不是中国艺术讲究的'以一当十''计白当黑'呢？三是这支蜡烛有'言外之意'，燃烧了一半的蜡烛是不是在暗示南唐前途堪忧呢？"事实上，这样的探讨既在意料之外又在意料之内，艺术阅读让人眼界开阔，修为提高，自我丰盈，心境清明旷远。

再看苏州大学实验学校特级教师曾宝俊的科学阅读。他认为，单靠每周两节课的科学学习，学生学到的东西非常有限，只有引领学生进行课后延伸性、拓展性的阅读，扩大知识面，才能加深与拓展儿童对科学知识理解的深度与广度，才能真正激发学生对科学的兴趣，为他们的终身学习奠基。他在教学实践中发现，相当一部分小学生对科普类读物比较排斥，觉得这类书虽然很好玩但是很难读。其实，其他阅读重在"读"，而科学阅读则重在"阅"，科学阅读是一种通过阅历百科、浏览千文，获取科学事实建构知识的有效途径；是一种收集、整理、分析和运用资料，获取研究证据的有效方法；是一种在教师引导和支持下开展科学学习的重要能力。

他曾经带领孩子们阅读澳大利亚的绘本家葛瑞米·贝斯的《来喝水吧》。这不是一本简单的图画书，它既是数数书，又是解谜书，还是故事书和美术书，更是环保书。课上，曾老师把这本绘本拆分成10张卡片，打乱顺序发放给学生，让孩子大开脑洞，去寻找卡片中的逻辑，把卡片排序，并说说其中的原因，这时孩子们就开始了自己的探索，有人发现了水洼的大小，有人发现动物数量的变化，有人发现动物大小的变化，孩子们开始有了自己的分析。

接着他设计了一张学习单 —— 阅读地图，让孩子任选文字、动物、地点三个方面进行研究，可以画图、可以写字，也可以画思维导图。利用资料和研究报告单，培养学生的观察能力和搜

集、整理、提取信息的能力。在这一环节中，他给每组同学提供
了三种工具：一本书，一张研究报告单，还有一份资料。根据报
告单的提示，让小组同学去研究记录，可以画图，可以用文字
记录，也可以是思维导图。利用这三种工具，再一次激发了学
生观察的能力，查阅资料和搜集、整理、提取信息的能力，以及
如何有效地合作学习的能力，激发儿童科学阅读的动力。

通过以上的阅读，孩子的思路越来越清晰，他们不仅领略
了该书的语言艺术，感受到每种动物独特的内心世界，而且了
解了它们生存环境的现状，意识到保护地球的重要性，形成了
生态系统的理论。

在科学阅读的过程中，他根据《科学》教材涉及的总体内容，
按照天文学、地球科学、生命科学、物理学、化学、科学与社会
发展、科学与技术七个大类为学生推荐相关书目。科学阅读的
选书，他比较重视以下几点：一是图文并茂。书籍的视觉美感会
直接影响学生的阅读，假若翻开书本全是密密麻麻的文字介绍，
对于没有良好阅读习惯的学生来说，则会产生畏难情绪，所以
一定要挑选插图精美，文质兼优的书籍。二是浅显易懂。小学
生科学背景知识单薄，教师荐读的书其内容一定要符合所在年
级学生的知识水平，以利于激起学生的阅读兴趣，他们对此做
了图书分级。三是趣味性强。以新颖活泼、好玩易懂的形式，

带领小学生进入浩瀚的科学领域，畅游在地球科学、生物科学、太空科学、气象学、古生物学等学科中。

曾老师认为，科学阅读的关键在教师。教师首先要成为科学阅读的忠实践行者，通过阅读尽快熟悉和掌握相关的科学故事、科学原理、科学方法、科学事件等，并与教材知识融会贯通。然后，以科学课堂为载体，把科学故事、科学原理、科学方法、科学事件等知识传授给学生，激发学生的阅读兴趣，让学生也产生自觉阅读的需要。科学课教师要用自身渊博的知识来让学生佩服，并不断鼓励学生进行阅读。

为了培养学生科学阅读的兴趣，他们开展了丰富多样的活动。比如，利用课堂举办科技新闻发布会、科学故事演讲比赛、科普知识竞赛、评选阅读之星等活动，让学生感受科学阅读成果带来的喜悦，使每一名学生都被科学阅读氛围所浸染。科技新闻发布会每周举行一次，利用周五的校园广播台，主要由学生讲述通过电视、报纸、网络等收集到的最新、最感兴趣的科技新闻，让学生在相互分享中强化科学兴趣和科学意识；科学故事演讲比赛每个学期举办一次，由学生收集与教材相关科学家的故事，向科学家学习其探究的精神；科普知识竞赛每个学年举行一次；评选阅读之星是对科学阅读的综合性奖励，每学期评选一次。有效引导课外科学阅读。

另外，江苏海门徐杰老师的科学阅读也很有特色。他结合科学教材编写了一到六年级共12册独具特色的《科学拓展阅读》读本。在学习《植物的一生》内容时，让学生一起读中悟《花开的时候》《奇妙的植物种子》《把种子散播到远处》，一起做中学《围着太阳打转转》，一起思中创《学做蔬菜沙拉》，一起《提取植物染料》《制作桂花糕》；学习《声音的奥秘》内容时，让学生一起读中悟《声音的产生》《小提琴的由来》，一起做中学《编钟》，一起思中创《玻璃杯乐器》；学习《身边的材料》内容时，让学生一起读中悟《新奇纸王国》《陶瓷家族新成员》，一起《探秘纳米材料》，一起思中创《下雨警报器》。

4. 项目阅读课程

项目式阅读通常是跨学科的综合性阅读行动，是在解决问题的过程中开展的综合性阅读活动，是基于真实情境建构意义的阅读行为。项目阅读课程强调学生根据主题做阅读计划，确定阅读内容，完善社会性学习机制。教师则给学生提供多种阅读活动的方式，提供适合各种各样与主题相结合的学习活动。

项目阅读从本质上属于项目式学习（PBL），强调围绕问题展开，以学生为中心，而非教师主导下的阅读行为。将"项目"当作学习的任务，将阅读作为完成任务的探究性手段，这种课程模式重在培养学生解决问题过程中的自主阅读能力、动手实践能力和创新与批判性思维等。

项目阅读课程的开展，一个最重要的环节就是阅读主题的凝练与确定，用主题来引领综合、促进综合、完善综合。从人与自我、人与社会、人与科学、人与艺术等关系来设计既有鲜明时代特点又能彰显传统文化精粹的具体主题。

项目式阅读任务呈现在复杂的背景之中，需要打破书本与生活的壁垒，填平学科之间的鸿沟，弥合学科自身的裂痕，从教学到教育，从课堂到课外，从班级、校园、社区到城市、域外、异域，从远古到未来，在文本、自然、经验、社会中去寻求阅读的丰富资源。

项目式主题阅读可以结合项目式学习的进度调整时间。既可以是一周、一月的短期阅读，也可以是一学期、一学年的长期阅读。

5. 电影阅读课程

电影阅读课程是以经典电影为媒介，以中小学生为主体，融观看、阅读、欣赏、表演等为一体的综合性大阅读课程。电影是诗歌、舞蹈、音乐、戏剧、雕塑、绘画之后的第七艺术，也被称为"浓缩的人生"。观看电影是一种有趣的、直抵儿童心灵的阅读方式。儿童通过观看别人的故事，回味自己的酸甜苦辣，收获不同的人生感悟。它比文学阅读门槛更低，比各类游戏内容更丰富，比日常生活内涵更集中。

电影阅读课程是充分利用信息化、数字化手段，将观影和阅读有机结合起来的阅读模式。该课程重在找到"观"与"读"的结合点，按照观一场电影、读一本经典童书、开展一系列活动的方式，带领学生经历一段融"读、赏、写、画、演"为一体的阅读之旅。

开设电影阅读课程，可与新教育"每月一事"行动结合起来，围绕勤俭、守规、公益、环保、劳动、审美、健身、友善、好学、感恩、自信、自省12个主题，遴选出合适的影单。新阅读研究所李西西老师的《36节电影课养成好习惯》，按照"每月一事"的主题，分低、中、高学段，从影片信息、影片赏析、教育要点、共鸣共行、相关推荐五个方面，提供了具有较强操作性的光影课程框架建议。

通过多年的反复摸索，我们认为开设电影课程一般遵循以下几个步骤：

一是背景介绍。在观影之前，对电影的拍摄情况、原作创作背景、影片导演与原著作者进行介绍。

二是电影观赏。在观影过程中与学生讨论：电影里发生了什么？为什么会这样？人物或情节接下去会怎样？你有什么感受？

三是回味瞬间。在看完电影后，一起观影的同伴通过经典台词模仿对话、场景描述，交流分享影片中自己印象深刻的瞬间。

四是主题研讨。围绕故事中的人物，对其性格、命运、故事走向等进行研讨，让学生明白偶然性中蕴含着必然性的规律。

五是音乐欣赏。提取播放电影的背景音乐、主题曲，借助音乐的力量，让学生的心灵不知不觉回到影片中，受到最大程度的感染。

六是衍生阅读。如果电影是根据图书改编的，带领学生阅读原著，并找出书籍与电影的不同之处。如果电影没有原著图书，可倡导进行相关主题的阅读。

山东胶州市马店小学经过多年的探索，形成了5种电影阅读课型：电影阅读欣赏课——每周安排两节课作为电影阅读课。观影前有原著的阅读、影片导看，观影后有观后写作、片段排演、影视配音、辩论交流等。电影与教材整合课——根据各年级、年龄段的特点，结合所学的课文，选择与课文有关的电影，按照"读、看、写、演、评"等步骤，将影片与课程进行整合，并与文本连接起来。光影阅读"休闲小餐"——把语文课本和课外阅读的文本都转换成音频形式，方便学生随时"听课"。电影节——每学期组织开展一次"校园电影节"，组织"电影知识竞赛""观后感写作比赛""电影音乐会""我为电影配音""电影创编续写"等活动。假日电影大餐 —— 寒暑假及节假日，开列观看"菜单"，将优秀影片推荐给学生，由学生自主选择。

6. 传记阅读课程

传记阅读课程是按照新教育的生命叙事理论，为不同年龄、不同个性的学生选择相应的人物传记，帮助他们寻找人生榜样、树立人生理想。新教育的生命叙事理论认为，每个人成长过程中都需要自己的生命原型、人生榜样、自我镜像。孩子们阅读名人传记是寻找生命原型、人生榜样和自我镜像的最有效路径。

每个人的生命都是一个故事，每个人都在书写自己的生命故事，能否把自己的故事写成一本传奇，取决于我们以谁为榜样，与谁同行。历史、人物传记、科学普及读物等都属于非虚构类书籍，对人的成长起着非常重要的作用。马斯克作为一名理工男，就很喜欢读人物传记。富兰克林就是马斯克的偶像和生命原型，他认为，富兰克林不仅仅是一位伟大的发明家，而且"他还在正确的时间做了正确的事情"。马斯克说，他喜欢的人物传记还有莎士比亚、牛顿、爱因斯坦、达尔文等，他曾经说，那些伟大人物如何克服困难的经历，就给了他自己很大的启发。① 罗曼·罗兰也说过，我们每个人都有疲倦的时刻，英雄的

---

① 钱颖一. 钱颖一对话录：有关创意、创新、创业的全球对话. 北京：商务印书馆，2021：26.

胸怀能够温暖我们，我们可以从他们身上汲取人生的力量。记得在大学读书时，我先后读完了从《林肯传》《拿破仑传》《罗斯福传》《居里夫人传》《马克思传》《海伦·凯勒传》到《毛泽东传》《邓小平传》等名人传记，读完了学校图书馆里所有诺贝尔奖获得者的传记。阅读传记，成为我为心灵充电的必修课。

阅读名人传记是如此重要，那怎样让孩子爱上读人物传记呢？

一是结合孩子的兴趣特长推荐人物传记。要尊重孩子的兴趣，不能以自己的喜好来给孩子选书。孩子对哪个领域特别有兴趣，就可以优先推荐那个领域的传记图书。

二是结合社会的新闻热点推荐人物传记。不管是大人还是小孩，都会被最新的时事热点引起兴趣，进而想要了解更多的知识。当孩子们使用 iPad 的时候，可以跟他一起看看《乔布斯传》；当我们聊起朝鲜和韩国时，我们可以给孩子看《文在寅自传》；当我们聊起美国经济出现问题的时候，我们可以给孩子看《巴菲特传》。

三是结合孩子的学科学习推荐人物传记。传统教育的填鸭式学习，很容易让孩子对学科类的学习产生抵抗式情绪。这个时候父母可以用一些科学家的著作来引导孩子对学科学习的兴趣。如学习理科的学生，数学有《华罗庚传》，物理学有《别闹了，费曼先生》，化学有《居里夫人传》等等优秀作品；文学学习可以去阅读古代历史人物传记，像《苏东坡传》《欧阳修传》，也可以阅读近代文人传记如《孙中山传》《鲁迅自传》等等。通过这些名人的故事让孩子对这一学科感兴趣，这对于他们在学校的学习是很有帮助的。

四是结合区域特点推荐同乡、家族人物传记。传记阅读要结合孩子能接触到的身边事物，如故乡历史、家族人物、文化遗迹等等。中国的历史源远流长，每一段小故事都能引出一些我们感兴趣的人物和典故，像我的家乡江苏大丰流传的张謇的故事，我的第二故乡苏州流传的范仲淹的故事，等等。

四、丰富阅读活动

开展丰富多彩的阅读活动对于建设书香校园同样非常重要。一般而言，小学的阅读活动应该更加注重活动的形式，用生动活泼有趣好玩的方式吸引学生。常州武进区的一所农村学校新安小学开展的"寒假21天故事田"阅读推广活动就很有创意。2019年5月，新安小学成立了全国首个"新教育乡村阅读站"，继2019年暑期"慧悦读"21天阅读公益活动之后，2020年寒假伊始，他们就开展了三项阅读活动：一是"线上听读时空"，每晚七点向孩子们推送故事，倡导家庭开展亲子共读。线上故事主题分为科技时光、欢欢喜喜过大年、走进历史王国。孩子们每天七点守候在 CCtalk，与同学、老师进行线上阅读互动。二是"书香地铁"阅读推广活动，学校师生和父母组成六个小分队，在常州地铁2号线开展了"彩色阅读 人文行走"的阅读推广系列活动。候车处、车厢内，小小志愿者化身为阅读的小小火种，点亮着人群中的那一盏盏阅读之灯。快闪队萌娃们童声童趣的古诗吟唱引得众多乘客和地铁工作人员驻足观看。阅读心愿队和阅读新闻队的孩子们向行人赠送亲手制作的书签并介绍阅读的好处。炫彩小队的孩子们，在地铁站向陌生的朋友们展示了新小学子的绘本作品。三是"相约小书房读书时间"。每天与好书相约40分钟，自主在阅读记录卡上评价，也可以借助 APP 来进行阅读分享。

中学的阅读活动应该更注重活动的内容，用富有智慧和创意的方式吸引学生，尤其是结合学习科目的学科阅读，如苏霍姆林斯基领导的帕夫雷什中学，就有许多科学学科小组，其中高年级的学生钻研科学书刊，了解自然科学的各种问题，建立专业图书室，给自己的同学做《自然界无机物到有机物的转化》《超导性问题》《物质的等离子状态》《物质与反物质》等多个报告，同时给低年级的学生朗读科普读物里的论文、故事和特写，举办少先队科学技术朝会。学校还系统地举办以"科学功勋英雄"为题的晚会与朝会，布鲁诺、伽利略、哥白尼、达尔文、郭霍、皮埃尔·居里和玛丽亚·居里、巴甫洛夫、巴尔金、科罗廖夫以及王淦昌、钱学森、邓稼先、李四光、茅以升等著名科学家的故事，同样激励着学生对知识和文化的渴求。

开展丰富多彩的阅读活动，能够给校园阅读注入源源不断的活力，使阅读真正融入校园生活，成为其终生难忘的记忆。在新教育学校，阅读活动的开展可谓千姿百态，丰富多彩：从9月28日的校园阅读节，到形形色色的阅读主题月；从图书漂流到图书跳蚤市场；从阅读之星评比到阅读班级竞赛；从自制图书展示到撰写图书评论；从图书戏剧表演到名著影视欣赏……

常见的校园阅读活动主要有以下几种：

（一）读书会

读书会是一种以经典共读为主要任务，以分享交流为主要活动方式的共同体，是一种推进共读、交流思想的活动平台。在众多的阅读活动中，读书会是最具特色、最值得推广的阅读活动。它是由一群有读书意愿的人组成自主、自由、自愿的非正规学习团体，通过成员阅读共同的材料、分享心得与讨论观点，吸收新的知识，激发新的思考，扩大生命的空间。

　　读书会依主办单位分，有社区读书会、班级读书会、图书馆读书会和家庭读书会等；依读书主体分，有教师、校长、父母和学生读书会；依语种分，有中文、英文、日文读书会；此外还有网络读书会、空中读书会等。读书会流行的主题一般有心灵成长、亲子关系、生涯规划、育儿技巧、人际关系、文学和外语等。例行活动主要有读书心得报告、导读、讨论和专业分享等。

　　组建一个有品位的读书会，首先要有一个响亮的名字。如河北邢台教育局于2014年组建了"青吟读书会"，取意于"青青子衿，悠悠我心；水韵潺潺，书香悦吟"。其次要有核心成员。提倡相同"尺码"的人在一起，并仰仗热心会员为大家荐书导读，做活动记录，维持秩序等。青吟读书会的灵魂人物樊青芳就是一位既有热情又有经验的阅读推广人。再次要有共同的约定。小到每次活动的场所、时间，大到活动主题、流程，都需要按照约定逐一规范。如成都市第十一幼儿园的"悦读会"制定了"每天至少读书十分钟，思考一分钟；每天至少阅读十页书，记录一百字；每晚十一点前打卡"的规则，作为每一位入会伙伴遵循的阅读守则。此外，还要有包容开放的氛围。大事小情，大家一起商议，共同享用，让读书会成为志同道合者共同的精神家园。要有形式多样的活动。如开展推荐图书、读书讲座、亲子阅读、书画展览、真人图书馆、辩论赛、知识竞赛和撰写书评、影视评论等活动，吸引更多的人参与。

　　如东实验小学从2012年起，将校内80多位35周岁以内的青年教师组织起来，成立了"不倦"研究社，坚持开展"相约周三"校本研修读书活动。六年来，他们组织读书卡片展览、读书沙龙、读书征文、读书演讲、读书知识竞赛等活动，评选校十大藏书先进个人，推动书香校园活动的深入开展。

（二）读书节

　　读书节是区域或学校的阅读活动节日、文化节庆，也可称之为"阅读嘉年华"。读书节是新教育实验区、校普遍开展的阅读活动。举办校园读书节，旨在通过分享书籍、阅读、书写与文学创作的快乐，让彼此阅读中的所思所想所得被看见，进一步激发师生更强烈的阅读兴趣。

　　举办校园读书节需要注意以下几点：一是主题确定。主题，意味着活动的灵魂，意味着活动内容的相对集中。读书节的主题应做到一致性和多样性的统一。所谓一致性，就是将"读书"作为永恒的轴心；所谓多样性，就是根据读什么、在哪读、谁在读、怎么读、何时读、读得怎么样等方面分年度变换不同的主题。二是时间选择。我们倡导新教育实验区和实验学校把每年的9月28日孔子诞辰日作为学校读书节的启动日或者总结日。读书节举办的时长跟读书节的质量和所要达到的目的密切相关。

一个有质量的校园读书节，至少需要一周以上的时间，以便让师生、家长有足够的时间参与其中。三是氛围营造。通过标语、海报、倡议书、公开信等，营造浓厚的节日氛围。四是全员参与。让校园里的每个人都能在读书节里找到合适的角色，不能把读书节办成少数人的福利。五是同步激励。校园读书节出发点是"读书"，落幕是"奖书"，终点是"读书"的新出发点。在读书节期间，应以书籍作为奖品，给读得多、读得好的个人和群体以奖励，增强参与者精神上的愉悦性。六是评估跟进。可以借助调查问卷、总结研究、编印专辑等，评估读书节在培植精神、拓宽视野和塑造人格等方面的实际成效。

如江苏武进清英外国语学校的童话节就非常有特色。从2013年起，童话课程就成为清英特有的一门课程，每个孩子阅读童话、研究童话、参演童话。我看过他们一年级学生自编、自导、自演的童话节目，在《皇帝的新装》《快乐的蓝精灵》《三打白骨精》等剧目的演出中，小演员们用丰富的肢体语言，将情节演绎得淋漓尽致。小学生郑博文说："我在蓝精灵里面很开心。感觉我自己就是一个快乐的蓝精灵。"

（三）作家进校园

作家进校园是邀请作家走进学校，给学生讲述自己的成长经历、创作故事，对学生的阅读、写作进行指导。这是营造书香校园的一项活动，也是聆听窗外声音的一种行动。

作家进校园到底好不好？国内有媒体曾经批评作家进校园，主要理由是认为作家进校园卖书赚钱营利。其实，如果是公益性的作家进校园，为孩子们讲自己的创作故事，回答孩子们的各种问题，是应该鼓励和支持的。正如英国作家钱伯斯说："与作者或插画家会面，能在孩子们与图书之间搭起一座最好的桥梁，这对孩子们来说是一个相当重要的经验。"① 对于孩子们来说，插画家和作家是最能够协助孩子成为读者的人，而且是其中"最具有明星风采的人"，能够见到"隐藏在冰冷印刷品之后的脸庞，是一件很令人兴奋的事情"。

而且，作家进校园不仅仅对孩子成为阅读者有益处，对于作家、插画家自己也有好处，一方面，他们可以从自己孤单的创作的房间走到人群中来，呼吸新鲜的空气；另一方面，他们能够从师生那里得到反馈，"孩子们针对书中每个细节追根究底的问题，正可以给他们一个重新审视自己作品的机会"。在英国，许多学校都有"访校作家"（Writers in Schools）计划，一般是在他们的文艺学会（Arts Council，类似我们的作家协会）的

---

① 艾登·钱伯斯. 打造儿童阅读环境. 许慧贞，译. 北京：北京联合出版公司，2016：134.

统筹安排下进行。这样的制度安排，我们也是完全可以学习借鉴的。

　　阅读是照亮精神世界的行为，儿童的阅读特别需要"阅读点灯人"。作家是写作工作者，是从事文学创作有成就的人。他们丰富的人生阅历、强大的想象力和表现力、独特的审美视角、悲天悯人的情怀，对儿童成长具有不可替代的示范、引领作用。开展"作家进校园"活动，一方面能够激发儿童的阅读兴趣，另一方面也能够帮助儿童找到人生的镜像。

　　组织"作家进校园"活动，首先要准确定位。把倡导孩子多读书、读好书，激发读书兴趣，作为活动目的，防止活动异化为"进校园推销"。其次要精心组织。在活动前与作家方具体沟通，从活动时间、场地、人员、流程、安全，到作家讲座内容、形式及讲座后的签名、合影等互动环节，都要在活动前一一设计好，并制订预案。再次要充分互动。通过活动前安排学生了解作家的相关信息，阅读其代表作；活动中面对面交流、签名赠书、点评儿童习作；活动后给作家写信，改写、续写作家作品片段等，扩大活动的影响力。

　　江苏省泰州市姜堰区东桥小学教育集团曾经"三请曹文轩"，前两次未能如愿。第三年，学校重新拟订作家进校园互动方案。一是中高年级学生、家长及全体教师在前两年分别读完《草房子》《青铜葵花》的基础上，再读曹文轩的新作《蜻蜓眼》。二是曹文轩来校当日开展四项活动：听一节《蜻蜓眼》阅读欣赏课；观看校长主持的沙龙，参加对象为学生、家长、教师代表，沙龙最后一个环节请曹文轩解释"为什么以'蜻蜓眼'为题"；曹文轩点评学生们的《〈蜻蜓眼〉读后感》；作家主题报告。据说曹文轩就是被这个方案打动了，欣然接受邀请成行，并主动为学校"智慧阅读"出谋划策。

（四）图书跳蚤市场

图书跳蚤市场是组织学生把阅读过的旧书带到学校，安排某一个时间段，在校园某一个区域，让学生以设摊的方式向同学售卖图书的活动。校园图书跳蚤市场是循环经济、生态环保的思想在校园里的生动实践。它本着"你的多余，我的需要"理念，让学生把家中闲置的图书拿到跳蚤市场，与同学等价交换或钱物交换，帮助学生养成节约资源、爱护环境的意识和热爱读书的习惯。同时，学生在设计促销标语、广告、海报，学会推销、公平买卖的过程中，能够初步感受市场经济，结识更多的朋友，在真实的情境中形成正确的消费观念和理财观念，锻炼合作、动手、创新、交际等能力。

举办校园图书跳蚤市场，首先要充分宣传发动，让学生、教师和父母了解活动的意义，并乐于参与其中。其次要进行培训指导。对如何准备商品、如何明码标价、如何促成交易等进行技术指导。再次要精心布置现场，以班级、小组为单位，为自己的展位（小商店）选定名称，制作促销展板、标语、条幅、海报，设计促销口号等。最后要做好总结评比，反思活动中的成败得失，采取爱心捐赠等方式处置交易所得，评比活动中优秀个人、团队。

（五）书本剧表演

书本剧（又称课本剧）表演就是以书本内容为基础，将其改编成相声、小品、音乐剧或小型话剧，在教室、操场或舞台进行表演。这是整本书阅读的一种延展性活动。很多书本剧的精彩并不仅仅在于把故事演出来，还在于增添了很多新鲜元素。例如在古代寓言故事中增加现代的语言和思维，给外国的经典故事中增加中国元素等，考验的是学生对于课本内容、精髓的理解，以及通过阅读对现实生活的思考。通过书本剧表演，学生能从中体会到阅读的快乐，会对阅读产生更浓厚的兴趣。

剧本创作是书本剧表演中的基础，也是最关键的环节。一方面学生要在老师的指导下，及时学习戏剧编演的基本知识；另一方面要让学生通过自由投票的方式，选择合适编演的内容。

完成剧本创作后，一般以小组为单位进行剧本编演，由学生竞选、推荐导演，并进行角色分配、人物台词记忆、表演道具制作、戏剧预演。在此基础上，安排场地，邀请观众，组织正式演出。当然，演出结束后，还必须进行表演评价，让学生的学习成果能够得到及时反馈，达到阅读育人的效果。

书本剧表演形式可以不拘一格，如情景剧、滑稽小品、经典对白再现、诗词吟诵、集体舞、歌伴舞等。还可以组织最喜欢的书中人物扮演巡游活动。

（六）画书、说书、写书、做书

画书、说书、写书、做书是围绕一本书的阅读而设计的旨在促进阅读理解、拓展阅读深度、丰富阅读体验的多重感官参与的阅读活动。

"画"书，即让学生画名著插图、画古诗意境、画美文场景、画经典故事情节、画思维导图等；组织插图大赛、创意书签设计、小绘本创作、最喜欢的图书人物卡通大赛等，将美术教育活动和读书活动融合在一起，满足学生阅读之后的创作欲望。

"说"书，即组织"我为一本书代言"、聊书会、故事会、小小百家讲坛、名著争霸赛、主题朗诵会、闪亮小主播、诗词大会等，让师生、父母用声音的艺术把所读的书表达出来。

"写"书，即成立师生文学社、读写班，设计阅读小报，为好书写推荐语，仿写续写名著名篇，编撰"我的成长书"，出版师生个人作品文集等，实现以读促写，以写促读，读写共生。

"做"书，即开展"手指上的阅读"，将阅读与美工结合起来，让学生把读过的经典作品中的印象深刻的场景，用各种材料复制出来。如读完《小王子》后，指导学生用卡纸、皱纹纸、稻草、蛋壳、田螺、毛线、布条等，创造出各自心中的"小王子"的形象。

当然，除了上述阅读活动之外，还可以开展多样化的共读，主要有亲子共读、师生共读、师师共读、生生共读、家校共读等几种形式，利用"午读"、睡前或周末、节假日等时段，对同一本书以默读、讲读、领读（导读）、分角色读等方式进行阅读，让阅读成为共同的生活方式。

（七）阅读信

阅读信，是指在学生入学时或者其他重要时间节点，通过信件的方式推荐图书、提出要求，播撒阅读的种子。

中小学的书香校园建设，不妨从给新生的第一封信开始。最近几年，清华大学等学校的校长给新生推荐好书已经成为一件"时髦"的新鲜事，其实，早在20多年前的2000年8月，刚刚担任张家港高级中学校长的高万祥先生，在给首届新生的录取通知书中，就夹着一封题为《走进名著世界，你才能享受到精神富裕的欢乐》的公开信。他在信中写到：阅读名家名著可以怡情养性，丰富人的精神世界，提高人的审美能力。我们喜欢苏东坡的诗，便向往他那自由、豁达、乐观的天性，学习他那无论富贵贫穷都始终保持亲切超脱的人生姿态。同样，雨果的博大，契诃夫的幽默，冰心的隽永，朱自清的清新，毛泽东的恢宏壮丽，都是我们最丰富的精神营养品。和这封信一起寄出的是一份《张家港高级中学必读书目》，并且对学生的假期读书提出了要求。信的署名是"你的书友、校长高万祥"。这是他给学生的第一份礼物，也是学校给学生上的第一堂课。这样的信，这样的书单，每个校长，每所中小学学校都是可以做的。

五、完善阅读评价

提升学生的阅读水平，阅读评价必不可少。阅读评价的方法是多元化的，在阅读实践中逐步构建起适合的阅读评价体系，能有效地保证课外阅读的时间、内容、效果的落实。

（一）阅读评价的趋势

近年来，PISA 阅读素养测试更加强调阅读者不但要储备知识，而且更要拥有获取信息的能力。 PISA 阅读素养测试框架体系的建构，对书香校园阅读评价体系的完善有很强的借鉴意义。一是凸显"为了学习而阅读"的工具性质。把阅读看作与语言能力相关的一系列认知过程，以及满足学生在实际生活的需要和参与未来社会活动的一种工具，而不是仅仅"学会阅读"。二是关注对高阶阅读的评价。从传统的识字、解词、概括、评判的线性顺序，转向评价学生在寻找特定信息、推论、综合等阅读过程中的各种推理、归纳、诠释、分析、质疑、反省、评价等思维能力。三是重视在真实情境中评价学生的阅读素养。阅读评价文本的内容选材方面注重接近社会生活情境，使学生在特定的情境中运用有关知识和阅读能力去分析、解决实际问题。

（二）阅读评价的原则

阅读评价一般应坚持三个原则：一是差异性原则。在评价时不强行对每一位学生统一要求、统一内容，尊重学生的个体差异，以最大限度地激发每个学生阅读的积极性。二是过程性原则。因为阅读的效果很难在很短时间内显现出来，因此应注重阅读过程评价，收集能够反映学生阅读过程的资料，淡化阅读结果评价。三是激励性原则。阅读评价应以鼓励为主，体现激励性，通过建立科学的评价体系，不断发现学生的优点，使其爱读书、多读书、会读书。

（三）阅读评价的主体

近年来，以 PISA 为代表的阅读素养测试呈现出"为了学习而阅读"的工具性质、关注对高阶阅读的评价、重视在真实情境中评价学生的阅读素养等趋势。

为了让学生对自我阅读素养形成全面的认识，促进学生肯定自己，坚定阅读信心，体验成功，阅读评价应从单一主体的"他评"走向自评（如借助"阅读存折"，记录每天的阅读情况，并在其中设立评价栏，让学生进行一天阅读的自我评价）、同伴评（如可通过同桌互评、学习小组评价、全班自由评价等方式进行）、父母评（如建立家校阅读联系卡，让父母定期记录学生在家阅读情况，将检查结果及时反馈教师）、教师评等多元主体的"互评"，并从阅读数量、阅读情感、阅读习惯、阅读能力等几个维度设定阅读评价的内容。

在评价方式上，不少新教育实验学校创造了很多以"找寻阅读的快乐"为意旨的阅读评价方式。如：

（1）引导阶梯晋级。在班级、学校、家庭张贴读书晋级榜，开办阅读银行等。

（2）表彰阅读榜样。评比表彰阅读小明星、读书小达人、最佳领读者、书香班级、书香家庭、书香校园等。

（3）组织阅读叙事。邀请师生讲述阅读故事，借助榜样叙事，传播阅读方法与理念。

（4）搭建分享平台。利用板报、橱窗、微信公众号、校园开放日等，充分展示师生读书成果。

除了上述以过程呈现、成果展示为方式的评价外，还可以组织阅读素养分析与检测类的评价，如：

（1）组织阅读素养专题测试。以调查问卷的形式，从阅读情境、阅读文本和阅读策略等维度，定期进行阅读兴趣、阅读态度以及综合阅读能力检测，形成专业性的阅读"检测报告"。

（2）推动学科考查变革。将学科阅读列入各学段、学科考查内容，加大学科阅读内容的考查分值，力求以情景化问题解决方式命题。

当下，阅读评价还应与时俱进，采用大数据技术，追踪学生阅读时间、阅读轨迹、阅读数量、阅读速度，分析学生阅读效果、阅读习惯、阅读偏向、阅读状态，从而形成更为全面、科学、客观、精准的评价。

结语："兰州宣言"

"北楼西望满晴空，积水连山胜画中。"悠悠金城，美丽兰州，联络四域，襟带万里。源远流长的黄河文化、丝路文化、中原文化、西域文化在这里交相辉映。这里书香袅袅，飘逸古今，有文溯阁《四库全书》、明刻本《艺文类聚》、清铜活字印本《古今图书集成》等绝代瑰宝泽被后世，也有"中国人的心灵读本""中国期刊第一品牌"《读者》杂志冠盖中华。

2021年10月，新教育人会聚金城兰州，从新教育"十大行动"的起点处，再次出发，聚焦"营造书香校园"，推进全民阅读。我们探索新时代下的新行动，探讨新概念，研究新举措，达成以下新共识。

我们坚信 ——

一个人的精神发育史就是他的阅读史。

一个民族的精神境界取决于这个民族的阅读水平。

一座书香充盈的城市才能成为美丽的精神家园。

一所没有阅读的学校永远不可能有真正的教育。

共读、共写、共同生活才能拥有共同的愿景、共同的语言、共同的密码和共同的价值。

阅读是推进社会公平、加强民族凝聚力最有效、最直接、最便宜的路径。

我们认为，阅读不再是单纯地从视觉材料中获取信息的过程，而是以语言文字、图片音像等为载体的信息吸纳与加工，并以此为基础发展思维、促进理性、陶冶情操、丰盈精神生命、实现自我完善的文化实践活动。

人类经历了口语传播时代以"听"为主导的阅读、书籍传播时代以"看"为主导的阅读，如今步入了电讯数字传播时代以"视听并举"为主导的阅读。

新教育实验从诞生之日开始，就将"营造书香校园"列为十大行动之首。我们始终如一地坚信：阅读是个体生命走向幸福完整的必由之路，是家庭文化传承与创新的重要根基，是理想学校建设与发展的根本手段，是社会改良与历史进步的重要工具，是民族精神振兴与升华的基本途径，是人类命运共同体建设的必要通道。

我们关注信息时代的数字阅读，充分认识阅读的本质，注重培养互联网时代的新读写能力，呼吁加强数字阅读资源的建设，加强新媒体阅读的课程建设。我们认为，人工智能无法替代人类的阅读活动，却可以帮助人类超越现有纸质媒体的束缚，进入多媒体多感官的阅读领域，实现智慧阅读、高效阅读。

我们倡导，以阅读经典对话大师，从经典著作中梳理出核心知识。可以说，我们所推进的书目研制工作，正是对信息时代背景下核心知识的一次梳理；我们推动的围绕书目开展的阅读工作，正是对信息时代背景下核心知识的努力传播。

基础阅读书目、学科阅读书目、项目研究书目，记录着阅读的不同阶段，也记录着我们的每一个脚印。关于书目研究，我们既可以说，这是一场永无止境的探索；我们更必须说，这是一项必须承担的天命。

我们践行着"过一种幸福完整的教育生活"的核心理念，落实为在新教育阅读观上的具体呈现，我们主张幸福完整的阅读、对话性阅读和个性化的阅读。我们强调阅读的科学机理，重视"全脑""全心"和"全语言"的阅读。

我们把"晨诵、午读、暮省"作为新教育人的生活方式。

晨诵，让生命歌唱。摒弃知识化的传授，而以叩问的方式，使蕴含积极力量的语言文字，浪漫而直接地涌入心灵，让诗歌通过叩问涌入心灵, 成为激发创造的力量。

午读, 共读创共识。这不是千人一面的灌输, 而是通过每一位师生的独立思考, 对同一本书做出不同解读, 产生更为丰富的共鸣, 以此缔造核心价值观, 形成人类命运共同体的自觉认识。

暮省, 内省而内化。通过"以说为写, 出口成章"的新探索, 协助一个人或一群人对知识进行内化, 对遭遇进行思考, 自我批评与自我激励, 从而成就自我。

我们自豪, 我们是一群领读者, 就像马拉松比赛中的领跑者一样。领跑者以匀速陪伴运动员奔跑, 激励身心、调整速度, 帮助运动员超越领跑者, 取得更好的成绩。领读者则以心灵陪伴读者阅读, 传播美好、传授方法, 帮助每个读者成为更好的自己。我们希望, 有更多的教师、父母、领导人、阅读推广人成为领读者, 共同建设我们的书香中国。

以阅读进行知行合一的自我教育, 以阅读创造完整幸福的人生。我们正在以阅读搭建一架精神的天梯, 去近距离领略精神星空之美。那些伟大的经典名著, 就是人类最杰出的群星。我们推动阅读, 就是在擦亮群星, 让今天的人们再一次被星光照亮心空。

改变, 从阅读开始 —— 我们共同努力!

参考文献

图书

1. 阿尔伯特·贝茨·洛德. 故事的歌手. 尹虎彬, 译. 北京: 中华书局, 2004.

2. 阿尔维托·曼古埃尔. 阅读史. 吴昌杰, 译. 北京: 商务印书馆, 2002.

3. 艾登·钱伯斯. 打造儿童阅读环境. 许慧贞, 译. 北京: 北京联合出版公司, 2016.

4. 艾登·钱伯斯. 说来听听: 儿童、阅读与讨论. 蔡宜容, 译. 北京: 北京联合出版公司, 2016.

5. 艾莉森·高普尼克. 园丁与木匠. 刘家杰, 赵昱鲲, 译. 杭州: 浙江人民出版社, 2019.

6. 艾伦·麦克法兰. 给四月的信 —— 我们如何知道. 马啸,

译. 北京: 生活·读书·新知三联书店, 2015.

7. 艾瑞克·唐纳德·赫希. 造就美国人: 民主与我们的学校. 苏林, 译. 福州: 福建教育出版社, 2017.

8. 艾瑞克·唐纳德·赫希. 知识匮乏: 缩小美国儿童令人震惊的教育差距. 杨妮, 译. 福州: 福建教育出版社, 2017.

9. 艾瑞克·唐纳德·赫希, 约瑟夫·柯特, 詹姆斯·特拉菲尔, 编. 新文化素养词典. 许可, 黄丹青, 译. 福州: 福建教育出版社, 2019.

10. 巴赫金. 巴赫金全集. 石家庄: 河北教育出版社, 1998.

11. 白学军, 闫国利, 等. 阅读心理学. 上海: 华东师范大学出版社, 2017.

12. 蔡汀, 等主编. 苏霍姆林斯基选集: 第2卷. 北京: 教育科学出版社, 2001.

13. 蔡汀, 等主编. 苏霍姆林斯基选集: 第4卷. 北京: 教育科学出版社, 2001.

14. 程树德, 撰. 论语集释. 北京: 中华书局, 2017.

15. 车文博, 主编. 当代西方心理学新词典. 长春: 吉林人民出版社, 2001.

16. 达林·麦马翁. 幸福的历史. 施忠连, 徐志跃, 译. 上海: 上海三联书店, 2011

17. 邓咏秋，李天英，编. 爱上阅读. 武汉: 武汉大学出版社，2007.

18. 弗兰克·富里迪. 阅读的力量: 从苏格拉底到推特. 徐弢，李思凡，译. 北京: 北京大学出版社，2020.

19. 弗里德里希·包尔生. 伦理学体系. 何怀宏，廖申白，译. 北京: 中国社会科学出版社，1988.

20. 耿占春. 回忆和话语之乡. 桂林:广西师范大学出版社，2003.

21. 海德格尔. 海德格尔选集:上卷. 孙周兴，选编. 北京: 生活·读书·新知三联书店，1997.

22. 海德格尔. 在通向语言的途中. 孙周兴，译. 北京: 商务印书馆，1997.

23. 海然热. 语言人 :论语言学对人文科学的贡献. 张祖建，译. 北京: 生活·读书·新知三联书店，1999.

24. 赫尔曼·黑塞. 书籍的世界. 马剑，译. 广州: 花城出版社，2014.

25. 洪汉鼎. 理解的真理. 济南: 山东人民出版社，2001.

26. 胡继武. 现代阅读学. 广州: 中山大学出版社. 1991.

27. 胡洪侠, 张清, 主编. 1978—2008私人阅读史. 深圳: 深圳报业集团出版社，2009.

28. 黄寿祺，张善文，撰．周易译注．上海：上海古籍出版社，2004.

29. 胡文耕．信息、脑与意识．北京：中国社会科学出版社，1992.

30. 吉姆·崔利斯．朗读手册．沙永玲，麦奇美，麦倩宜，译．海口：南海出版公司，2009.

31. 加达默尔．真理与方法．洪汉鼎，译．上海：上海译文出版社，1992.

32. 卡尔·雅斯贝尔斯．论历史的起源与目标．李雪涛，译．上海：华东师范大学出版社，2018.

33. 肯·古德曼．全语言的"全"全在哪里．李连珠，译．南京：南京师范大学出版社，2005.

34. 栾锦秀．咬文嚼字读《论语》．北京：中国青年出版社，2011.

35. 李文玲，舒华，主编．儿童阅读的世界Ⅰ——早期阅读的心理机制研究．北京：北京师范大学出版社，2016.

36. 李文玲，舒华，主编．儿童阅读的世界Ⅳ——学校、家庭与社区的实践研究．北京：北京师范大学出版社，2016.

37. 莉萨·格恩齐，迈克尔·H.莱文．多屏时代，如何培养孩子的阅读能力？．左瀚颖，等译．北京：北京大学出版社，2021.

38．刘称莲．陪孩子走过小学六年．北京：北京联合出版公司，2016．

39．鲁迅．鲁迅全集．北京：人民文学出版社，2005．

40．马克思．1844年经济学 — 哲学手稿．刘丕坤，译．北京：人民出版社，1979．

41．马克思，恩格斯．马克思恩格斯选集：第1卷．北京：人民出版社，1972．

42．马克思，恩格斯．马克思恩格斯全集：第23卷．北京：人民出版社，1982．

43．马克思，恩格斯．马克思恩格斯全集：第40卷．北京：人民出版社，1982．

44．毛姆．阅读的艺术．陈安澜，等编译．上海：上海翻译出版公司，1988．

45．莫提默·J.艾德勒，查尔斯·范多伦．如何阅读一本书．郝明义，朱衣，译．北京：商务印书馆，2004．

46．聂震宁．阅读力．北京：生活·读书·新知三联书店，2017．

47．培根．培根论人生．何新，译．上海：上海人民出版社，1983．

48．斯蒂芬·克拉生．阅读的力量．李玉梅，译．乌鲁木齐：

新疆青少年出版社，2012.

49. 斯坦尼斯拉斯·迪昂. 脑与阅读. 周加仙, 等译. 杭州: 浙江教育出版社, 2018.

50. 松居直. 幸福的种子：亲子共读图画书. 刘涤昭, 译. 南昌: 二十一世纪出版社, 2013.

51. 史蒂文·罗杰·费希尔. 阅读的历史. 李瑞林, 等译. 北京: 商务印书馆, 2009.

52. 汤一介. 瞩望新轴心时代 —— 在新世纪的哲学思考. 北京: 中央编译出版社, 2014.

53. 童喜喜. 喜阅读出好孩子. 武汉: 湖北教育出版社, 2014.

54. 王夫之. 张子正蒙注. 北京: 中华书局. 1975.

55. 王力. 王力古汉语字典. 北京: 中华书局, 2000.

56. 王余光, 徐雁. 中国读书大辞典. 南京: 南京大学出版社, 1999.

57. 威尔·施瓦尔贝. 为生命而阅读. 孙鹤, 译. 南京: 江苏凤凰文艺出版社, 2017.

58. 吴承学. 中国古代文体形态研究. 北京: 北京大学出版社, 2013.

59. 吴晗. 斯文在兹. 深圳: 海天出版社, 2014.

60. 新教育研究院. 以阅读为翼 —— 新教育实验"营造书香校园"操作手册. 武汉: 湖北教育出版社, 2021.

61. 徐贲. 人文的互联网: 数码时代的读写与知识. 北京: 北京大学出版社. 2019.

62. 徐正英, 邹皓, 译注. 春秋穀梁传. 北京: 中华书局, 2016.

63. 亚里士多德. 尼各马可伦理学. 廖申白, 译注. 北京: 商务印书馆, 2003.

64. 亚里士多德. 尼各马可伦理学. 邓安庆, 译注. 北京: 人民出版社, 2010.

65. 杨雄里. 脑科学的现代进展. 上海: 上海科学教育出版社, 1998.

66. 杨义. 读书的启示. 北京: 生活·读书·新知三联书店, 2007.

67. 尹虎彬. 古代经典与口头传统. 北京: 中国社会科学出版社, 2002.

68. 叶仁敏, 主编. 行动的力量: 新教育实验实证研究. 北京: 北京大学出版社, 2017.

69. 叶秀山. 思·史·诗 —— 现象学和存在哲学研究. 北京: 人民出版社, 1988.

70. 雍正皇帝辑录整理. 康熙皇帝告万民书·康熙皇帝教子格言. 长沙: 湖南人民出版社, 1999.

71. 颜之推. 颜氏家训. 易孟醇, 夏光弘, 译注. 长沙: 岳麓书社, 1999.

72. 赵汀阳. 论可能生活. 北京: 生活·读书·新知三联书店, 1994.

73. 周辅成. 西方伦理学名著选辑. 北京: 商务印书馆, 1987.

74. 曾国藩. 曾国藩家书. 长沙: 岳麓书社, 2011.

75. 中国新闻出版研究院, 江苏省全民阅读办, 编. 国外全民阅读法律政策译介. 南京: 译林出版社. 2015.

76. 朱永新. 我的阅读观. 北京: 中国人民大学出版社, 2012.

77. 朱永新. 新教育. 北京: 文化艺术出版社, 2010.

78. 朱永新. 新教育实验 —— 为中国教育探路. 北京: 中国人民大学出版社, 2017.

79. 朱永新. 语文阅读与成长. 济南: 山东教育出版社, 2021.

80. 朱永新. 造就中国人: 阅读与国民教育. 深圳: 海天出版社, 2019.

81. 朱永新. 朱永新谈读书. 北京: 商务印书馆, 2022.

82. 朱永新. 朱永新与新教育实验. 北京: 北京师范大学出版社, 2021.

83. 左宗棠. 左宗棠全集: 家书·诗文. 长沙: 岳麓书社, 2009.

报刊等

1. 高凯. 中国第十八次全国国民阅读调查发布 三成以上成年国民有听书习惯. https://www.chinanews.com.cn/cul/2021/04-23/9462315.shtml, 2021-04-23.

2. 科技部. 2005中国数字媒体技术发展白皮书发布. 科技日报, 2005-12-28.

3. 李东琴. 新教育实验的学生阅读素养报告. 中国教育学刊, 2016 (05).

4. 李庆明. 传灯 —— 文化传承语境里的家庭阅读. 教育研究与评论, 2018 (05).

5. 梁杰. 朱永新: 以学科阅读提升全民阅读. http://www.jyb.cn/rmtzcg/xwy/wzxw/202009/t20200929_362901.html, 2020-09-29.

6. 林加进. 走在新教育的路上. 江苏教育报, 2021-

05-28.

7. 卢玮, 俞冰, 杨帆, 许庆豫. 关注学生成长: 新教育实验学校实践效果的基本评估 —— 基于新教育实验学校与非新教育实验学校的比较. 基础教育, 2018 (04).

8. 王兴旺. 每天读书半小时增寿两年. http://health. people.com.cn/GB/n1/2016/0814/c21471-28634373. html, 2016-08-14.

9. 吴越. 当阅读被检索取代, 修养是最大的输家 —— 陈平原谈数字时代的人文困境. 文汇报, 2012-07-13.

10. 夏之晨, 朱永新, 许庆豫. 学生阅读素养的提升路径: 新教育实验学校的实践 —— 基于阅读态度、阅读行为与阅读素养关系的比较研究. 教育研究与评论, 2017 (02).

11. 谢倩, 杨红玲. 国外关于亲子分享阅读及其影响因素的研究综述. 学前教育研究, 2007 (03).

12. 徐冬梅. 亲近母语: 儿童本位的小学语文课程研究和实验. 人民教育, 2019 (19).

13. 英淼. 张明舟: 用童书维护世界和平的使者. 民主, 2019 (11).

14. 朱永新. 新教育实验二十年: 回顾、总结与展望. 华东师范大学学报 (教育科学版), 2021 (11).

15. 朱永新. 阅读资源公平是社会公平的重要基础. 新京报, 2020-05-19.

主题词

A

A. 哈特

阿尔维托·曼古埃尔

B

表述时期

表演时期

C

晨诵

D

电子和数码时期

后 记

　　阅读，是教育的基石。阅读，也是新教育实验的基石。

　　营造书香校园是新教育十大行动之首，也是新教育最为基础、最为关键、最为重要、最有特色的行动。我一直强调，如果真正把书香校园建设好了，学校也就有底气、有品质了。我也一直认为，阅读的高度决定精神的高度，一个区域的阅读水平，反映着一个区域的品位追求，阅读推广是提升教育质量，推动社会公平最有效、最直接、最便捷、最经济的路径。

　　阅读研究，也是新教育用力最多、成效最明显的领域。这本《新阅读教育论纲》，就是我们对新教育20多年在阅读理论和实践方面探索的初步成果。

　　本书是在2021年新教育年会主报告《阅读搭建精神的天梯》基础之上形成的成果，也是新教育团队协同攻关的成果。

　　新教育年会主报告由我拟订基本思路、框架，并与新教育研究院李庆明先生、林忠玲先生、许卫国先生，苏州大学文学院陈国安先生，儿童文学作家童喜喜女士，苏州大学新教育研究院杨帆博士、郝晓东博士，新教育研究院新人文教育研究所执行所长王雄先生等组成写作小组，在研读文献、调研学习的基础上，由李庆明、林忠玲、许卫国、陈国安的团队和我分别拿出初稿，再由写作小组的成员分别修订完善，经过前后共计十余次修改，再交新教育理事会和相关专家讨论，最后由我合成定稿。主报告分演讲稿和文字稿两个版本，童喜喜参加了演讲稿的最后定稿，李庆明先生是文字版的主要执笔人之一。

　　在准备主报告期间，我们研读了国内外的大量论著，多次请教了"中国阅读三十人论坛"的部分成员，如故宫博物院故宫学研究所兼职研究员、复旦大学古籍保护研究院特聘研究员韦力，国家图书馆社会教育部主任、研究员王志庚，人民教育出版社编审王林，北京大学王余光教授，全国政协委员、中央电视台新闻评论员白岩松，全国政协委员、中国科学院大学教授、首届联合国残疾人权利委员会副主席杨佳，国际儿童读物联盟（IBBY）主席张明舟，华东师范大学教育学部学前教育系教授、世界学前教育组织中国委员会执行主席周兢，南京大学教授徐雁，新阅读研究所所长、上海师范大学教授梅子涵，中国出版集团公司原总裁、中国韬奋基金会理事长聂震宁，北京大学中文系教授曹文轩，中国人民大学"杰出学者"特聘教授、中国人民大学外国语学院院长、教授、博士生导师郭英剑，儿童文学作家、教育学者童喜喜，全国政协委员、中国新闻出版研究院院长、党委副书记魏玉山等相关专家，新教育的专家团队成员、国家督学成尚荣先生、江苏省教育学会副会长叶水涛先生、美国休斯顿学区教育局叶仁敏博士、北京辛庄师范黄明雨校长，新教育理事会许新海理事长和江苏海门的新教育教师团队，新教育研究中心严文蕃主任（美国马萨诸塞大学波士顿分校终身教授），苏州大学新教育研究院许庆豫教授、唐斌教授、尹艳秋教授，新教育研究院卢志文名誉院长、李镇西院长、陈东强副院长、张荣伟副院长，新阅读研究所执行所长李西西、副所长郭明晓，苏州大学汪敏博士、郝晓东博士，新教育部分种子教师等。同时在苏州大学新教育研究院、海门新教育实验区等地多次召开了专题研讨会，新阅读研究所组织了多次内部研讨会，并于2021年10月在甘肃兰州举行了以"营造书香校园"为主题的新教育年会。承蒙多位参与者贡献了一线大量案例与精彩点评，提出了许多珍贵的思想与宝贵的建议。我的在校博士生团队也参与了部分工作。

在最后编辑书稿的过程中，苏州大学新教育研究院助理研究员李筱寅女士协助我做了大量编校工作。新阅读研究所的同仁也认真研读书稿，协助我做了大量具体工作。新教育种子计划公益项目汇总的"新教育资源包"，为有意开展新教育阅读工作的学校、教师，免费提供教学培训和参考资料。需要者可发邮件至 *xinjiaoyu1999@163.com*，说明情况，得到协助，共同践行。

感谢所有为本书做出贡献的专家朋友和新教育同仁。

朱永新

写于北京滴石斋